Rosa ist mit Anfang dreißig eigentlich viel zu jung, um schwer an einer Corona-Infektion zu erkranken. Doch COVID19 trifft die taub-blinde Schriftstellerin mit ungeahnter Härte und sie muss intensiv-medizinisch behandelt werden. Sie kämpft um jeden Atemzug, fast komplett von jeglicher Kommunikation abgeschnitten. Ihr Ehemann Gregor bleibt zu Hause mit zwei kleinen Kindern zurück und versucht, die tägliche Routine aufrecht zu erhalten und ihnen Sicherheit zu geben. Seine Gedanken weilen stets bei ihr, sie sehnt sich zurück nach einem gemeinsamen Leben. Doch in der Realität sind sie durch das absolute Besuchsverbot auf grausame Weise voneinander getrennt. Die einzige Verbindung, die ihnen bleibt, entsteht durch einen Arzt, der sich jeden Tag per SMS bei Gregor meldet.

Beate Winkler, 1973 in Hamburg geboren, studierte Medizin in Lübeck. Ihre Weiterbildung zur Kinderonkologin und Palliativmedizinerin absolvierte sie in Tübingen und Würzburg. Seit 2015 lebt sie mit ihren zwei Söhnen in ihrer Heimatstadt. Sie arbeitet weiterhin als Ärztin und schreibt in ihrer Freizeit. 2016 erschien die Trilogie »Viersamkeit, Flucht in die Zweisamkeit, Aus der Einsamkeit«. 2020 veröffentlichte sie die Romane »Der eigene Weg« und »Das Implantat«.

Beate Winkler

Rosa

Roman

Bibliographische Information der deutschen Nationalbibliothek:
Die deutsche Nationalbibliothek verzeichnet diese Publikation in der deutschen Nationalbibliographie, detaillierte bibliographische Daten sind im Internet unter dnb.dnb.de abrufbar.

TWENTY-SIX der Self-Publishing-Verlag
Eine Kooperation zwischen der Verlagsgruppe Randomhouse und BoD – Books on Demand

Umschlaggestaltung: Estratosphera Designs, Argentina

©2021 Beate Winkler

Herstellung und Verlag:
BoD – Books on Demand, Norderstedt
ISBN 9 783740 771294

Ich habe kein Bild von Dir in meinem Kopf,
Du hast keine Stimme, die ich jemals hätte hören können,
dennoch – hier liege ich,
mein Kopf an Deiner Brust,
Dein Herzschlag pulsiert an meiner Schläfe,
Unser Atem geht auf und ab in einem ruhigen Einklang.
Deine Hand spielt selbstvergessen mit meinen Haaren,
die andere hält sanft die meine umhüllt.
Deine Stille umfängt uns weich und warm.
Und wieder kann ich nicht schweigen,
meine Finger beginnen ihren Tanz:
»Ich liebe dich.«
Du antwortest wortlos wie so oft,
Dein Arm zieht mich noch ein wenig näher zu Dir heran.

Rosa Treppin, Touch

Samstag

Vera?

Hallo Gregor, schön, dass du dich meldest. Wie geht es bei euch? Alles in Ordnung?

Er ließ das Handy sinken. An den Türrahmen gelehnt betrachtete er seine Frau. Sie saß auf dem Sofa, etwas vornübergebeugt, die Hände umfassten ihre Oberschenkel, ihr Brustkorb mit dem enganliegenden blau-weiß gestreiften Oberteil hob und senkte sich mühevoll. Er blieb außerhalb ihres Radars, über die Jahre hatte gelernt, ab welcher Distanz sie ihn wahrnehmen konnte. Langsam hob er sein Handy und filmte seine nach Luft ringende Frau für einige Sekunden. Er tippte auf den roten Kreis und verharrte noch für einen Moment, bevor er mit einem lautlosen Seufzer den Film ohne ein weiteres Wort an seine Schwester sandte. Es vergingen nur die wenigen Sekunden, die sie benötigte, um die Sequenz zu sehen, dann ihre rasche Antwort auf seinem Display.

Gregor, sie muss ins Krankenhaus. Pack ihr ein paar Sachen ein. Ich rufe einen Krankenwagen.

Seine Hand krallte sich um das Handy, als er ihre Worte las, die bestätigten, was er längst wusste. Seine Hand zitterte, als er seine Antwort eingab.

Warte. Etwas Zeit?

Ja, Gregor. Du möchtest mit ihr reden? Es ihr erklären?
Ja.

Er ließ sein Handy schon in die Jeanstasche gleiten, als es nochmal summte.

Gregor, sie wird allein ins Krankenhaus müssen. Du kannst sie nicht begleiten. Sie erlauben nicht einmal Besuch. Wir rufen einen Krankenwagen. Sie bringen Rosa ins Krankenhaus. Sie werden sich gut um sie kümmern, ihr helfen. Du bleibst bei den Kindern. Sie brauchen dich. Wir können jeden Tag anrufen und nachfragen, wie es ihr geht. Okay?

Er rang mit ihren Worten, immer noch hatte er diese Schwierigkeiten und er war aufgeregt. Er versuchte sich zu konzentrieren. Rosa allein ins Krankenhaus?

Geht nicht allein.

Doch, Gregor. Sie werden niemanden erlauben. Nur das Pflegepersonal und die Ärzte. Wegen der Infektionsgefahr.

Eine Assistentin? Sie braucht.

Es geht nicht, Gregor. Sie werden ihr helfen. Erkläre es ihr, bevor ich den Krankenwagen rufe. Rosa ist stark. Sie macht das schon. Erstmal ist das Wichtigste, dass es ihr wieder besser geht. Soll ich kommen?

Nein, du darfst nicht. Die Quarantäne.

Es wäre mir egal.

Deine Arbeit, Vera. Geht nicht. Wir schaffen schon. Ich rede mit Rosa. Bis gleich.

Mit einem Ruck löste er sich von dem Türrahmen und ging langsam die wenigen Schritte, die ihn von seiner Frau trennten. Mit einer sachten Bewegung ließ er sich auf das Sofa neben sie nieder und legte sanft den Arm um ihre Schultern, die sich mit jedem Atemzug schwer hoben und senkten.

Rosa ließ sich in die Umarmung sinken. Ihr war heiß und schwindelig und die Luft. Ihr ganzer Körper schmerzte, ihr Kopf dröhnte, bei jedem Einatmen stach es in ihrer Brust. Sie konzentrierte sich auf ihre Atmung, ein, aus, eine Pause vor dem nächsten Atemzug, ihre Angst vor dem erneuten Schmerz. Dankbar lehnte sie sich an ihren Mann.

Er ließ ihr ein paar Sekunden der Ruhe, des Schweigens. Er spürte dem leichten Zittern in ihrem Fieberanstieg nach, ihr hochroter Kopf, er spürte das Rasseln ihrer Atmung an seinem Arm. Ihre Erschöpfung, sie schien Schmerzen zu haben. Um ihre Aufmerksamkeit bittend strich er vorsichtig über ihren Rücken. Sie hob den Kopf ein wenig und griff nach seiner Hand. Ihre Hand gewölbt über seiner, wartend auf seine Worte. Er buchstabierte nur ein Wort. Sie war seine Kürze so gewohnt, dass ihr Kopf daraus automatisch den ganzen Satz formte.

»*Klinik*«, du musst ins Krankenhaus, Rosa…

Sie zog ihre Hand weg, knetete die eine in der anderen. Er hatte das fast erwartet. Sanft zog er sie erneut zu sich heran und gab ihr Zeit. Erschöpft lehnte sie ihren Kopf an seine Schulter, bis in das sanfte Zittern ihres fiebernden Körpers, der brodelnden Brust eine Unregelmäßigkeit kam. Sie schluchzte, die Tränen tropften auf seine Hand, die ihre Hände umfasst hatte. Ihre Hände lösten sich und sie buchstabierte zitternd.

»*Die Kinder?*«, dann rückte sie, plötzlich entschlossen, von ihm ab, sie griff nach seinem Kinn, er sollte sie angucken, »Gregor, ich muss sprechen. Es ist schneller, leichter. Ich gehe ins Krankenhaus. Ich komme schon klar. Du kümmerst dich um die Kinder. Ich bin bestimmt bald zurück.«

Er folgte ihren Worten mit seinen Augen, sie waren verzerrt, weil sie zwischendurch nach Luft ringen musste. Langsam suchte er ihre Hand.

»Du, allein, wie?«

Sie riss sich zusammen, versuchte das Fieber in ihrem Kopf und die Schmerzen bei der Atmung zur Seite zu schieben und sich ganz auf ihn zu konzentrieren. Wie sie allein zurechtkommen würde… Nochmal seine Finger buchstabierend in ihrer Hand: *»Dolmetscher nicht erlaubt.«*

Sie straffte sich: »Gregor, ich weiß. Das kann nicht erlaubt sein. Das Ansteckungsrisiko. Ich… es wird schon gehen. Ich kann sprechen, mich bemerkbar machen. Ich kriege es schon hin. Ich… möchte doch… wieder gesund werden und bei euch sein.«

Sie spürte, wie er verschreckt von ihr abrückte. Ihre Worte taten ihr leid. Ihre Hand suchte sein Gesicht. Nass. Er weinte. Sanft streichelte sie seine Wange, bevor sie sein abgewandtes Gesicht wieder zu sich drehte. Er schüttelte den Kopf in ihrer Hand. Er hatte einmal erzählt, dass er ihr durch einen Vorhang aus Tränen nicht zusehen konnte. Sie hatte es nie ganz verstanden. Sie wartete einen Moment, bis sie das Gefühl hatte, dass er sich etwas beruhigt hatte, dann suchte sie seine Hand.

»Ich schaffe das schon. Lass uns den Krankenwagen rufen«, die Geschwindigkeit ihres Buchstabierens war so atemberaubend, wie er es von ihr kannte. Sie saß aufrecht und machte schon weiter, in ihren ganzen langen Sätzen, die das Buchstabieren so mühsam machten. Sie buchstabierte, wie sie sprach. Es war so sehr Rosa, so vertraut, dass er den Blick senkte und sich auf all die Buchstaben konzentrierte, *»warte noch kurz. Holst du einen Zettel und einen Stift? Kannst du ein Plakat schreiben, groß, dass man es über mein Bett hängen kann?«*

Kommentarlos stand er auf, seine Hand kurz auf ihrer Schulter, bevor er sie verließ. Sie sank in sich zusammen, stemmte die Hände auf die Oberschenkel und dachte wieder nur an ihr Atmen. Sie musste Luft holen, ein, aus… Gregor ging zu seinem Schreibtisch. Für einen Augenblick glitten seine Augen nicht sehend darüber, bis ihm der DinA3 Block, einer seiner Zeichenblöcke, einfiel. Er zog die unterste Schublade auf, nahm einen der dicken Filzstifte, die Mia über seinen Tisch verstreut hatte und begab sich zurück zu Rosa. Sie suchte seine Hand und begann zu diktieren, langsam, deutlich: »*Ich bin Rosa Treppin. Ich bin blind und taub. Zeigen Sie mir, dass Sie da sind, indem sie mich an der Schulter berühren. Sie können in meine Hand buchstabieren.*«

Seine rechte Hand nahm ihr Buchstabieren auf, den großen Block auf dem Knie balancierend schrieb er mit der linken exakt auf, was sie ihm auftrug. Die Buchstaben so groß, dass sie auch auf die Entfernung lesbar sein würden. Als die Worte endeten, konnte er es nicht lassen, um die schnöden Buchstaben einen Rahmen aus Mustern zu ziehen. Er benötigte nur eine halbe Minute, musterte sein Werk und legte es schließlich zur Seite. Er rückte zu Rosa und schloss sie fest in seine Arme. Seine Frau, so tapfer sie jetzt wirkte, sie würde es schwer haben. Niemand würde verstehen. Sie würde so allein sein. Würde sich jemand die Mühe machen zu versuchen zu ihr durchzudringen? Im Krankenhaus war es immer hektisch, sie hatten zu wenig Personal. Niemand hatte Zeit. Gregor wusste es aus den Erzählungen seiner Familie, eine Familie aus Ärzten, seine Eltern, sein Zwillingsbruder, seine Schwester… Er sog noch für einen Moment den so vertrauten Geruch ein, hielt sich an ihr fest, ihr, die ihm so wichtig war, so schwierig manchmal alles war, so unbeholfen, wie sie da draußen oft auf die Menschen wirkte, für ihn war sie der Mensch, der ihm Halt gab, der eine solche Zuversicht und Stärke ausstrahlte, der Mensch, den er über alles liebte.

»Vera, Krankenwagen.«

»Ja, sag Vera Bescheid, dass sie einen Krankenwagen ruft. Ich glaube, das muss jetzt sein. Ich… halte so nicht mehr lange durch. Die Luft…«

Er blieb neben ihr sitzen, sein Bein warm an ihrem, während er Vera schrieb. Schließlich drückte er sie kurz an sich: *»Ich packe deinen Koffer.«*

Er spürte ihr Nicken an seiner Schulter, eigentlich erwartete er ihr Diktat, was er einpacken solle, aber sie schien keine Kraft dafür zu haben. Mit einem Streichen über den Rücken ließ er sie mit einem ungutem Gefühl allein auf dem Sofa zurück. Er müsste sich beeilen. Es ging ihr so schlecht. Auf dem Weg ins Schlafzimmer öffnete er die Tür des Kinderzimmers einen Spalt, so dass das Licht des Flurs das Dunkel dämmrig machte. Leise trat er ein. Erst sah er nach seiner Tochter. Mia schlief auf dem Rücken, ihre Haarpracht aus dunklen Locken ausgebreitet auf dem Kopfkissen, das Gesicht ihm abgewandt. Auf der anderen Seite des Zimmers Leo in seinem Gitterbett, zusammengerollt, seinen Schlafhasen fest im Arm lag er ihm zugewandt. Bei beiden Kindern unterdrückte er den Reflex, die Hand auszustrecken, um über die kleinen Köpfe zu streichen. Sie durften jetzt nicht aufwachen. Er musste sich um Rosa kümmern, schnell ihre Sachen packen, damit er wieder bei ihr sein könnte, wenn die Sanitäter kamen. Mit schleichenden Schritten verließ er das Zimmer und ging nach nebenan in das Schlafzimmer. Er zog Rosas kleinen Koffer unter ihrem Bett hervor. Das lila Farbe ließ ihn lächeln, er hatte ihm wegen der Farbe nie gefallen, aber Rosas Hände waren über Koffer geglitten, in ihren sicheren Bewegungen. Sie hatte die Textur des Stoffs gemocht und die Einteilung des Innenraums und war nicht davon abzubringen gewesen, genau diesen Koffer zu kaufen, der heruntergesetzt gewesen war, weil niemand einen Koffer in dem Lila einer reifen Pflaume kaufen mochte. Er zog den Reißverschluss auf, breitete den aufgeklappten Koffer auf ihrem Bett aus. Ein kurzer Blick in ihren so ordentlichen Kleiderschrank, mit ein paar sicheren Griffen sammelte er Schlafanzüge, eine Jeans, T-Shirts und einen Pullover zusammen, ihre Waschsachen aus dem Bad, die Jogginghose, auch so ein Farbfiasko, ihre Hausschuhe. Einen Moment verweilte sein Blick auf ihrem Nachtisch, dann entschloss er sich das große, schwere Braille-Buch, das sie gerade las, auch noch in den Koffer zu packen, der nun gefüllt war, aber das Buch wäre wichtiger für sie als das vierte und fünfte T-Shirt oder die zweite Jeans. Er klappte den lila Korpus zu, der Reißverschluss ließ sich nur mit Mühe schließen. Er trug den Koffer auf den Flur, griff nach Rosas Umhängetasche, ein buntes aus zahlreichen Flicken zusammengestückeltes Wunderwerk, das sie selbst genäht hatte. Er langte in das Dunkel des Inneren, ihr Blindenstock am üblichen Ort, ihr Handy, das Ladegerät, in den Seitentaschen, die sie innen eingenäht hatte. Das Portemonnaie mit etwas Geld und der Krankenkassenkarte. Einem Impuls folgend ging er noch einmal zurück ins Schlafzimmer. Ohne das Licht anzuschalten griff er nach der kleinen, geschnitzten Figur, die er ihr letztes Jahr zum Geburtstag geschenkt hatte. Er schloss die Augen, wurde kurz wie Rosa, blind und taub, seine Hände fuhren über die filigranen Konturen…

Das Blitzen der Türklingel drang durch seine geschlossenen Lider. Er ließ die Figur in Rosas Tasche gleiten, stellte diese auf den Flur zu dem lila Koffer und begab sich zur Haustür. Im Öffnen der Tür griff er nach seinem Handy. Er hatte nicht mehr ausreichend Zeit gehabt, etwas vorzubereiten. Das Gegenlicht, das aus dem Hausflur in die Wohnung drang, ließ ihn kaum etwas erkennen, er griff nach dem Lichtschalter in seinem Flur. Zwei Männer, verhüllt in Anzügen, Masken über ihren Lippen, Gesichtsschilde, er sah, wie sich die Maske des einen Mannes bewegte. Er würde sprechen. Bevor sie sich in die Haustür drängen konnten, unterbrach er mit einer konsequenten Geste den Redefluss des einen, der ihn verwirrt anstarrte. Er tippte rasch auf der Notizenseite seines Handys.

Warten Sie kurz. Ich bin taub. Ich verstehe Sie nicht, wenn sie unter der Maske sprechen. Meine Frau bekommt kaum Luft. Sie ist blind und taub. Machen Sie bitte langsam mit ihr. Ich versuche zu erklären.

Er beobachtete den Sanitäter, während dieser las. Er las für sich, drehte sich zu seinem Kollegen um und schien diesen in Kenntnis zu setzen. Schließlich suchte er Gregors Blick, die Augenbrauen hochgezogen. Gregor öffnete die Tür und führte die beiden ins Wohnzimmer. Er nahm unmittelbar an Rosas Seite Platz und buchstabierte rasch.

»Sind da. Zwei Männer. Eine Trage.«
»Hast du erklärt?«
»Ja.«

Trotz ihrer Schwierigkeiten mit der Atmung, der Hektik, die sie spürte, buchstabierte sie noch schnell ein *»Danke«*. Dann wandte sie ihr Gesicht in die Richtung, in der die Sanitäter sein mussten. Gregor sah, wie sie sprach, sie spuckte die Worte aus, rang zwischendurch nach Luft. Er blickte zu den Sanitätern, nahm ihr Erstaunen wahr, dass seine Frau sich so eloquent äußern konnte. Sie schien die ganze Geschichte der letzten Tage zu umreißen. Wie er sie kannte, würde sie das Datum des Tests, der ersten Symptome, die negativen Tests von ihm und Mia, dann den später positiv gewordenen von Leo, beschreiben, dass es ihr in den ersten Tagen eigentlich gut gegangen sei, sie aber seit zwei Tagen zunehmende Schwierigkeiten mit der Atmung habe…

Die Sanitäter hörten ihr tatsächlich einfach erstmal zu, einer nestelte währenddessen an der leuchtend orangenen Tasche und holte neben dem Blutdruckmessgerät einen kleinen Monitor hervor. Er suchte Gregors Blick, wieder schien er zu sprechen, während er sich Rosa näherte. Er hielt dem Ehemann, der jeder seiner Bewegungen aufmerksam folgte, den Fingertip fast unter die Nase.

»Damit messen wir den Sauerstoffgehalt des Blutes. Es tut nicht…«, er unterbrach seine Worte, als er das Nicht-Verstehen in dem Blick des Mannes sah und wandte sich an seinen Kollegen, »das ist echt eine skurrile Situation hier.«

»Ist doch egal. Wir haben doch auch immer wieder Familien, in denen keiner deutsch spricht. Ist so ähnlich. Mach schnell, sie bekommt kaum Luft.«

»Nein, das hier ist anders«, murmelte Jan, er war seit Ewigkeiten in diesem Beruf. So etwas hatte er noch nie erlebt. Er sah, wie sie um Luft rang, nahm erneut Blickkontakt mit Gregor auf. Er würde gern seine Maske abziehen, damit dieser ihn wenigstens ein bisschen verstehen könnte, aber das war unmöglich. In dieser Pandemie waren die Regeln streng, das Ansteckungsrisiko war einfach zu groß. Und es traf nicht nur die alten Menschen. Diese Frau hier war jung. Wie konnte es sein, dass das verdammte Virus sie so krank machte?

Gregor folgte den ruhigen Bewegungen des älteren Sanitäters. Er saß mit Körperkontakt neben Rosa, ihr Schutz gebend. Er nahm vorsichtig ihre Hand und streckte ihren Zeigefinger dem Mann entgegen, parallel buchstabierte er.

»Dein Finger, sie wollen etwas messen. Kein Schmerz.«

Sie ließ sich den Sättigungssensor anbauen. Gregor linste auf den Monitor, die blaue Zahl blinkte, 84%, ein rotes Lämpchen leuchtete, sein Blick glitt zum Gesicht seiner Frau, ihre Lippen hatten einen leicht bläulichen Schimmer. Die Sanitäter wurden rascher in ihren Bewegungen. Eine Sauerstoffflasche, nervös sagte der Junge etwas zu dem Älteren.

»Nun mach schon, sie ist echt schlecht. Wir müssen los«, ungeduldig reichte er dem Älteren die Maske. Dieser besaß erneut die Ruhe, den Blick von Gregor zu suchen. Gregor langte vor Rosa zu ihm herüber und nahm ihm die Maske ab. Vorsichtig berührte er Rosa am Kinn und zog ihr dann langsam die Maske auf. Ihre Hand glitt über das Plastik, erleichtert sank sie auf dem Sofa zurück und atmete ein, so tief sie konnte. Jan ließ ihr einen Moment. Gregor meinte ein Lächeln unter seiner Maske auszumachen, als er auf den Monitor wies, auf dem aus der 84 eine 89 und schließlich eine 92 wurde. Er wartete noch einen Moment, dann machte er eine Geste, als würde er seinen Ärmel hochziehen und sich mit dem Finger in die Ellenbeuge stechen. Gregor nickte, er war genug Arztsohn, um all das zu kennen, es machte ihm keine Angst.

»Sie wollen dir einen Tropf legen«, er spürte schon während er buchstabierte ihre Verwirrung. Es war nicht ihre Muttersprache, so sicher sie im Deutschen war, wie oft hatte er sich gewundert, dass sie eine dritte Sprache so fließend beherrschen konnte, mit der Medizin hatte sie keinen Kontakt gehabt, als sie noch hörte. Hier fehlten ihr die Vokabeln. Er zog einfach ihren Ärmel hoch und reichte ihn dem Sanitäter.

»Halt still. Tut nur kurz weh.«

Sie nickte. Er atmete auf, sie hatte verstanden. Er hielt ihren Arm kräftig, um ihr Zusammenzucken zu unterbinden. Sie würde nicht wissen, wann der Stich kam, und würde sich erschrecken. Der Sanitäter befestigte den Stauschlauch, Rosas Hand glitt fragend darüber, Jan schob sie sanft, aber bestimmt zur Seite. Er nahm noch einmal Blickkontakt mit dem Ehemann auf, wollte schon stechen, als er nochmal innehielt.

Der andere drängte sich dazwischen: »Lass mich mal lieber halten, das wird doch sonst hier nichts«, energisch drückte er Gregor zur Seite und schnappte sich Rosas Arm, die erschreckt zurückwich: »Nein, nicht...«, entfuhr es ihr.

Jan setzte ab, erhob sich etwas und nahm seinen Kollegen ins Visier: »Lass den Ehemann halten. Sie bekommt sonst Angst. Er scheint vernünftig.«

»Du bist verrückt«, Louis, der Jüngere, schüttelte den Kopf, ließ aber von ihr ab.

Jan seufzte. Er sah wie die Frau sich an ihren Mann wandte.

»Was ist los?«

»Weiß nicht, warte. Sie sprechen.«

Schließlich kniete sich Jan wieder vor das Sofa, er griff erneut nach dem Arm der Patientin, nochmal der Blick zu dem Ehemann, auffordernd, er solle halten. Gregor spürte die Entspannung von Rosa. Der Stich, die Blutentnahme war eine Sache von wenigen Sekunden, Rosa war nicht einmal zusammengezuckt. Gregor starrte konzentriert auf das Pflastern und Festkleben des Zugangs, als der junge Sanitäter ihn energisch antippte. Seine Maske hob und senkte sich. Hilflos sah er ihn an und schüttelte den Kopf.

»Mann, hört der wirklich gar nichts? Wie können denn solche Menschen auch noch Kinder in die Welt setzen?«

Gregor wandte sich fragend an den Älteren, den Ruhigeren von den beiden, dem, der so auf Rosa zugegangen war. Dieser hatte sich inzwischen erhoben und die Liege herangezogen. Er zog die Stirn kraus, als würde er nachdenken. Dann machte er eine Bewegung, als würde er ein Baby wiegen und sein Finger glitt von einem Auge an dem Plastikschild vor seinem Gesicht herunter, als würde eine Träne seine Wange herunterrollen. Gregor starrte ihn an. Leo... er musste von dem Lärm und der Hektik wach geworden sein. Schnell griff Gregor nach Rosas Hand.

»Leo weint. Hole ihn. Warte, du, noch nicht losfahren!«, er fuhr einmal über ihr Knie, kam aus der Hocke hoch, noch ein bittender Blick an die Sanitäter. Er betete, dass sie nicht einfach losführen, während er Leo holte. Rasch ging er ins Kinderzimmer. Ohne Licht zu machen, beugte er sich über das Bett seines Sohnes. Der Dreijährige saß darin und wippte hin und her, den Schlafhasen ängstlich an sich gedrückt. Gregor zog ihn kommentarlos aus dem Bett hoch und nahm ihn auf den Arm. Er warf noch einen Blick zu Mia, die ganz ruhig schlief. Mit einem Seufzen und seinem verschwitzten Sohn auf dem Arm, ging er rasch zurück ins Wohnzimmer. Sanft wischte er die Tränen aus dem kleinen Gesicht. Rosa war mit der Sauerstoffmaske inzwischen auf der Liege, sie schnallten sie fest, rüsteten sich für den Aufbruch. Er trat an die Liege heran und suchte ihre Hand. Leo war etwas ruhiger in seinem Arm geworden. Er beugte sich vor und legte seinen Sohn in die sich öffnenden Arme seiner Frau. Rosa umfasste Leo und schmiegte sich an ihn, sie schob die Maske weg, als Leos Hände ihr Gesicht suchten. Sie zog ihn zu sich heran, Wange an Wange. Gregor sah, wie sie auf ihn einsprach, der liebevolle Zug in ihrem Gesicht und in ihren Bewegungen ließen ihm die Tränen in die Augen treten. Seine Hand auf ihrem Oberschenkel wandte er sich einen Moment ab und wischte sich über die Augen. Er brauchte klare Sicht. Sein Blick glitt über den Monitor, die Zahlen sanken erneut. Der junge Sanitäter wirkte nervös. Gregor

beugte sich über Rosa und Leo, seine Hand an ihrer Wange. Vorsichtig zog er Leo aus ihren Armen, dieser wehrte sich heftig. Einen Moment war Gregor abgelenkt, weil er Leo bändigen musste, im nächsten Augenblick sah er die Sanitäter die Bremsen lösen, die Maske im Gesicht seiner Frau. Gregor hielt Leo fest in seinem einen Arm, griff kurz nach Rosas Hand, eine Geste in ihrer geöffneten Handfläche.

»*Ich liebe dich.*«

Dann wurden sie getrennt. In ihrem Wegfahren sah er, wie ihre Hand sich in dieselbe Geste begab, ihr Gruß zurück. Er sah, wie sie sie entfernten, ohne dass sie zurückblickten. In seinem Inneren spürte er etwas reißen. Für den vernichtenden Schmerz, der ihm die Luft nahm und die Welt dunkel werden ließ, blieben ihm nur einige Sekunden.

Leo lenkte ihn ab, er strampelte und wand sich in seinen Armen, der ganze kleine Körper vibrierte. Er musste laut schreien, Gregors Ohr, an dem der Kopf des Kleinen lag, schmerzte unter den Vibrationen. Es war spät abends, sie durften keinen Aufruhr im Haus verursachen. Leo weiterhin fest im Griff schloss er die Haustür, sein Blick fiel auf die Ecke, in der Koffer und Tasche gestanden hatten, sie waren entfernt, wahrscheinlich hatte Rosa die Sanitäter noch dirigiert. Er war zu beschäftigt mit Leo gewesen. Er hatte gar nicht gefragt, in welches Krankenhaus sie fahren würden…

Erschöpft ließ er sich auf den Boden vor dem Sofa gleiten und wiegte sein schreiendes Kind. Als Leo gar keine Ruhe geben wollte, fiel ihm nur noch eins ein. Sie gingen zusammen ins Badezimmer und er ließ Wasser in Badewanne laufen. Sein Sohn hielt inne und lauschte. Wasser, er liebte die Badewanne.

In der neu eingekehrten Ruhe stellte Gregor den Kleinen ab und begann, ihm den Schlafanzug auszuziehen. Leos Hände suchten sein Gesicht, die kleine Faust klopfte vorsichtig an seine Wange.

»Mama, Mama, Mama…«, seine taktile Gebärde. Gregor strich sacht über die dunklen Locken seines Sohnes und nickte nur. Er gab etwas des grünen Bademittels in das warme Wasser und beobachtete eine Weile gedankenverloren, wie sich die ersten Blasen des Schaums bildeten, den Leo so lustig fand. Schließlich nahm er seinen Sohn hoch und setzte ihn in die Badewanne. Er blieb bei ihm, seine eine Hand stützend in dem Rücken, mit der anderen langte er nach den Plastiktieren, die auf dem Badewannenrand standen und reichte sie Leo eines nach dem anderen. Die kleinen Hände fuhren darüber, lächelnd erkannte er die Tiere, er plapperte vor sich hin und malte deren gebärdete Namen in die Luft.

Rosa spürte die nächtliche Dezemberluft an ihren glühenden Wangen, angenehm, bei dem Fieber, das sie von innen fast zu verbrennen schien. Sie wurde geschoben, rasch, die Liege holperte über den Bürgersteig. Mit einer Hand hielt sie sich an der Seite der Liege fest, mit der anderen die Sauerstoff-spendende Maske in ihrem Gesicht. Sie versuchte, die Tränen herunterzuschlucken. Nicht jetzt. Später, wenn sie angekommen wäre. Sie musste sich konzentrieren, versuchen, die Orientierung zu behalten. Die Liege stoppte, eine Drehung, bergauf, dann rastete etwas ein. Eine Hand an ihrer, sie atmete durch, sie war nicht allein. Es war eine ältere, mit einem Plastikhandschuh überzogene Hand, der Mann, der vorhin so geduldig gewesen war. Sie griff zu und drückte sie dankbar, dann sprach sie ihn an: »Weiß mein Mann, wo sie mich hinbringen? Hat er gefragt? Malen Sie ein J für Ja oder ein N für

Nein in meine Hand«, sie dirigierte. Fast niemand wusste, wie man mit ihr kommunizieren konnte, wie man sie erreichen konnte.

»*Ja*«, Jan dachte kurz daran, dass der Mann so im Stress gewesen war, dass er gar nicht gefragt hatte. An den kleinen Jungen mit den blicklosen Augen, der so verzweifelt geschrien hatte in den Armen seines Vaters, der dies nicht hören konnte. Jan war umsichtig, er hatte sowohl nach dem Gepäck auf dem Flur gegriffen als auch nach einem herumliegenden Zettel und Stift im Wohnzimmer. Er hatte eine Nachricht an den Mann hinterlassen, auf dem Sofa. Er würde sie schon finden.

»Danke!«

Er strich ihr rückversichernd über die Schulter, ließ seine Hand dort, während er sich setzte und ihre Werte kontrollierte. Sie hatten verdammt spät angerufen. Sie würden die Frau gleich auf der Intensivstation abliefern müssen. Sie war noch so jung. Sie war blind und taub. War das nicht genug? Warum musste dieses Virus, das die ganze Welt in Schach hielt, gerade dieser jungen Frau derartig zusetzen? Man sagte doch eigentlich, dass es vor allem die Alten niederrang. Er schüttelte innerlich den Kopf. Die Welt war nicht fair. Wieder einmal.

Rosa versuchte zu entspannen. Gregor wusste, wo sie hinkäme. Sie konzentrierte sich auf ihr Atmen und lehnte sich zurück. Sie überließ sich der ruckelnden Fahrt. Sie war so erschöpft, dass sie eindämmerte.

Mit einem Ruck wurde sie wieder wach, die Liege stand schräg, man zog sie aus dem Auto heraus. Sie schoben sie rasch, nicht ruhig. Gab es ein Problem? Ein plötzlicher Stopp, sie spürte, wie sie die Gurte lösten, mit einem Ruck packten mehrere Menschen das Laken unter ihr und sie schwebte für einen Moment, bevor sie sie absenkten, ein Bett. Weich. Sie setzte sich auf, um besser Luft zu bekommen. Sie wollte mit den Armen ihre Beine umschlingen, wurde aber brüsk daran gehindert. Sie drückten sie nach hinten.

»Nein, so bekomme ich keine Luft«, sie schleuderte die für sie unhörbaren Worte in die Umgebung. Sie versuchte zu ermessen, wie viele Menschen um sie herum waren. Wo war der Sanitäter, der diese Ruhe verströmt hatte? Auf jeder Seite hielt sie eine Hand auf das Bett niedergedrückt, dessen Kopfende sich etwas hob. Sie rang nach Luft. Jemand nahm ihr die Maske ab.

»Die Maske, nein, ich brauche sie, bitte«, mehr brachte sie nicht hervor. Ihr wurde schwindlig, mit aller Kraft kämpfte sie um jeden einzelnen Atemzug. Sie spürte, wie sie an ihr herumfummelten. Mehrere Menschen. Es war zu viel, zu schnell, sie bekam keine Luft. Sie brauchte etwas Zeit. Jemand zog an ihrem Pullover, kurz war er über ihrem Gesicht, all der Stoff. Sie würde ersticken, panisch wehrte sie sich. Ein kräftiger Mann rang sie nieder. Sie schrie in Panik.

»Verdammt, was bringt ihr uns denn hier? Ist die total bekloppt?«

Jan holte tief Luft. Er wusste, dass alle im Stress waren. Die Frau war instabil. Er bemühte sich, Ruhe in die Situation zu bringen.

»Wartet kurz, junge Frau, Anfang bis Mitte Dreißig, Corona Infektion. Fieber. Sättigung bei 84%, als wir ankamen, rasche Besserung unter Sauerstoffgabe. Die Frau ist blind und taub. Aber sie ist voll da. Sie versteht nur nicht, was gerade mit ihr passiert.«

Rosa spürte, wie plötzlich alle die Hände von ihr abließen, erschöpft sank sie auf ihr Kissen, sie sprach erneut aufs Geratewohl: »Mein Name ist Rosa Treppin, ich bin zweiunddreißig Jahre alt. Ich bin blind und taub. Ich kriege schwer Luft…«, sie spürte, dass es um sie herum ruhiger geworden war.

»Ihr Mann hat sie vorhin gut beruhigen können. Ich glaube, sie versteht alles, wenn ihr es ihr mit den Händen zeigen könnt. Dann ist sie bestimmt ruhiger. Ist auch besser für ihre Atmung«, er drängte den energischen, übergewichtigen Pfleger zur Seite und griff kurz nach ihrer Hand. Rosa stöhnte vor Erleichterung auf, der Sanitäter war noch da, er hatte wahrscheinlich erklärt. Sie hielt still. Sie spürte, wie eine leichte weibliche Hand sie kurz an ihrer anderen Hand berührte. Rosa ließ ihre Finger über das rundliche Etwas gleiten, sie hatte keine Ahnung, was es war, nickte aber. Die Hand befestigte Aufkleber an ihrer nackten Brust. Rosa ließ es ruhig geschehen, jemand wechselte den Sättigungssensor an dem Zeigefinger der rechten Hand, ein anderer legte eine Blutdruckmanschette um ihren linken Arm. Der Schlauch plusterte sich auf, wurde so fest, dass es wehtat, bevor er wieder seine Luft abließ. Sie lehnte sich zurück, versuchte ruhig zu bleiben, sie musste die Orientierung behalten. Wenn sie panisch wurde, würde sie die Kontrolle verlieren. Im Zweifel würden die Ärzte ihr dann etwas zum Schlafen spritzen. Sie wollte nicht weggedrückt werden von den Medikamenten, wie damals nach dem Unfall. Es erinnerte sie ohnehin alles an die dunkelsten Stunden ihres Lebens, als die Welt plötzlich still und unverständlich geworden war.

»Ich bleibe ruhig. Machen Sie, was sein muss. Aber bitte keine Medikamente zur Ruhigstellung. Ja? Malen Sie ein J in meine Hand, wenn Sie verstanden haben.«

Die weibliche Hand in ihrer: »*Ja.*«

Wieder reichte ihr die Frau etwas. Ein geriffelter Schlauch. Sie ertastete kurz, bevor die Schwester ihn ihr wieder abnahm und den Schlauch fest auf die Oberlippe drückte, zwei Stutzen kamen in ihre Nasenlöcher zu liegen. Die Welle der Panik drohte Rosa erneut zu überrollen. Sie stopften ihr die Nase zu, sie bekam keine Luft… Sie hatte versprochen, still zu halten. Sie rang durch ihren Mund nach Luft. Zwei Pflaster wurden auf ihren Wangen befestigt, daran der Schlauch. Die Schwester drückte ihr beruhigend die Schulter, dann drückte sie Rosas Kinn nach oben.

»Nein! Ich bekomme keine Luft«, sie presste die Worte durch ihre fest geschlossenen Kiefer hervor. Die Hand der Schwester drückte weiterhin energisch einen Kiefer an den anderen. Sie sollte durch diesen Schlauch atmen. Rosa versuchte zu entspannen, die Panik niederzuringen, entspannte ihren Mund und sog vorsichtig die Luft durch die Nase ein. Sie spürte, wie die Luft in ihre schmerzende Brust gedrückt wurde, wie das Atmen leichter wurde. Sie nahm konzentriert ein paar Züge, schob schließlich die energische Hand der Schwester zur Seite: »Ich habe verstanden. Durch die Nase atmen. Es ist gut«, sie konnte es nicht lassen ihre Hand zu heben und nach dem Gesicht der Schwester zu tasten: »Darf ich?«

Die Schwester nahm ihre Hand, aber dort war kein Gesicht, nur ein Plastikschild. Rosa wandte sich ab, die Schutzmaßnahmen. Sie würde keine Chance haben, die einzelnen Menschen hier auseinander zu halten. Sie versuchte zu entspannen und überließ ihren Körper dem Personal, das noch weiter an ihr herum arbeitete, ein weiterer Stich in der Nähe des Handgelenks, es wurde verpflastert, dann fixierten sie ihre rechte Hand. Wie damals…

»Nein, nicht. Binden Sie meine Hand nicht fest. Ich ziehe nichts heraus. Ich passe auf. Bitte! Nicht meine Hand…«, ihre Worte flogen ins Leere. Waren sie noch da? Es kam keine

Antwort, ein Nichts um sie herum. Vorsichtig hob sie die linke Hand. Wenigstens die hatten sie ihr gelassen. Sie spürte, wie die Tränen sie würgten und ließ ihnen schließlich freien Lauf, die freie Hand vor dem Gesicht. Sie dachte an Gregor. Sie sehnte sich so unendlich nach ihm. Er hätte dafür gesorgt, dass man sie nicht festbindet. Sie hatte keine Ahnung, wo sie genau war. Hatte man ihren Koffer mitgenommen? Ihre Tasche? Wo waren ihre Sachen? Sie ließ los. Es war egal. Sie würden sich um sie kümmern. Sie würde viel nicht verstehen und alles zulassen müssen, was sie mit ihr machten. Sie holte tief Luft, ihre Gedanken flogen zu Leo und Mia, ihre weichen Locken spürte sie förmlich in ihrer Hand, die kleinen warmen Körper. Sie musste hier durchkommen und wieder nach Hause. Sie holte Luft, sie würde durchhalten, all die Schmerzen, die Scham, ihr Unvermögen, die Dunkelheit, die Stille, das Alleinsein, das Nicht-Verstehen, das Ausgeliefertsein ertragen, für Gregor, für Mia und für Leo. Sie musste gesund werden. Tapfer holte sie Luft.

Gregor hob Leo aus der Wanne, rubbelte ihn ab und zog ihm wieder seinen Schlafanzug an. Schließlich legte er seine Hand an die Wange des Kleinen.
»Du musst jetzt schlafen.«
Es schien ihm wie ein Wunder, als der Kleine einfach nickte. Dann machten seine Hände noch zwei Gebärden: *»Großes Bett?«*
Die kleine Hand in seinem Gesicht spürte dem Lächeln und Nicken nach. Dann hob Gregor ihn hoch. Er legte den Kleinen in das Ehebett, entledigte sich rasch seiner Klamotten und gesellte sich in Unterhose und T-Shirt zu ihm. Er griff noch nach dem Hasen, den Leo im Bett verloren hatte, drehte den Kleinen,

so dass er rücklings vor ihm lag und umfing den kleinen Körper. Seine Hand auf der Brust des Kleinen spürte Vibrationen. Leo redete sich in den Schlaf. Er hatte das immer wieder beobachtet und Rosa danach gefragt. Ja, das habe sie auch oft als kleines Kind gemacht. Rosa...

Gregor war so erschöpft, dass er in einen unruhigen Schlaf aus wirren Träumen glitt.

Sonntag

Es war kurz vor sechs als Louise ihren Spint schloss, nach dem Rucksack griff und mit einem Seufzer die Station betrat. Das Arbeiten auf einer Intensivstation war oft hart, aber so eine Phase wie diese hatte sie noch nie erlebt. Sie hatte sich freiwillig gemeldet, um in den Corona-Bereich eingeteilt zu werden. Oft dachte sie darüber nach, welche Patienten ihr eigentlich mehr zu schaffen machten, die Alten, die keine Beatmung mehr bekommen würden und an ihrem High-Flow wach waren und oft vor sich hinstarben, ohne dass einer ihrer Verwandten sie besuchen kommen durfte, oder die medizinisch so aufwendigen beatmeten oder ECMO-Patienten, die immer in einem kritischen Zustand schwebten. Bei denen sie sich bei vielen fragte, was aus ihnen wohl werden würde, sollten sie doch zu denen gehören, deren Kraft ausreichte, um durchzuhalten und irgendwann wieder aufzuwachen. Sie hatte manchmal überlegt in den letzten Wochen, ob sie doch um eine Versetzung in den normalen Intensivbereich bitten sollte, wo sie wieder ihrer herkömmlichen Tätigkeit in der Betreuung schwerkranker Patienten nach aufwändigen Operationen oder nach Infarkten nachgehen könnte und nicht ständig voll vermummt und manchmal auch in der Sorge sich zu infizieren arbeiten müsste. Im Aufenthaltsraum hatte sich die Nachtschicht schon für die

Übergabe versammelt. So weit, so gut, dann schien es gerade in diesem Moment wenigstens keine ganz großen Katastrophen zu geben. Sie grüßte ihre maskierten Kollegen, in deren Gesichtern die Müdigkeit einer durchgearbeiteten Nacht stand und setzte sich zu ihnen an den Tisch. Die Frühschicht trudelte Stück für Stück ein. Zehn Patienten, alle Corona-infiziert. Es wurde über einen nach dem anderen berichtet, schließlich berichtete Ulrike noch über den Neuzugang der letzten Nacht: »… eine junge Frau, Mitte dreißig, hatte sehr viel Atemnot, als sie hier ankam. Sie ist…«, Ulrike stockte kurz, »taub und blind.«

»Was?«, Tristan konnte kaum an sich halten, »und sie kommt auf die Intensiv? Kommt sie aus einem Betreuten Wohnen? Mussten sie die ganze Einrichtung unter Quarantäne stellen? Dann gibt es bald noch mehr…«

Ulrike schüttelte den Kopf: »Nein, sie kam von zu Hause. Sie hat Familie. Der Sanitäter hat von ihrem Mann erzählt und einem kleinen Sohn… Sie kann sprechen. Sie ist ganz klar. Aber… natürlich ist es fast unmöglich zu ihr durchzudringen. Sie ist am High-Flow, den toleriert sie ganz gut. Sie ist relativ stabil.«

In der Verteilung erbte Louise heute neben einem 58-jährigen Geschäftsmann an der ECMO die taub-blinde Frau. Sie widmete sich zunächst dem schwerkranken, in Narkose, an multiplen Maschinen liegenden Mann. Eine Maschine übernahm die Funktion von Herz und Lunge, dann die Dialyse. Immer wieder, trotz ihres Alltags hier, schüttelte Louise innerlich den Kopf. Wollte die Technik irgendwann auch noch die Funktion des Gehirns übernehmen? Er schien leidlich stabil, so dass sie sich ausschleuste und zu der jungen Frau begab. Blind und taub? Sie hatte noch nie einen Menschen erlebt mit so einer schweren Sinnesbeeinträchtigung. Wie in aller Welt konnte man damit leben? Durch das Fenster in der zweiten Tür der Schleuse sah sie die junge Frau in ihrem Bett liegen, die Atmung etwas angestrengt. Wahrscheinlich schlief sie. Louise öffnete die Tür, erstaunt sah sie, dass die Frau sich ihr unmittelbar zuwandte. Sie erblickte ein Plakat, von dem Ulrike berichtet hatte, sie hatte es oberhalb ihres Bettes anbringen lassen. Berühren Sie mich an der Schulter, um zu zeigen, dass Sie da sind…

»Guten Morgen. Es ist doch Morgen, oder?«

Louise zuckte auf die Worte zusammen, ging langsam auf die Frau zu und berührte sie an der Schulter. Sie las nochmal auf dem Plakat, in die Hand buchstabieren. Die Patientin hielt ihr die geöffnete Handfläche hin. Sie malte ein »*Ja*« in die Hand der Patientin.

»Ein J reicht, ist schneller. Wieviel Uhr ist es?«

»*6.*«

»Die erste Nacht habe ich schon geschafft«, murmelte sie vor sich hin, »wie heißen Sie?«

Louise war völlig verblüfft. Sie hatte nicht mit dieser Interaktion gerechnet, nicht damit, dass die Patientin diese so einfordern würde. Sie schrieb ihren Namen langsam in die Hand.

»Louise… Haben die meinen Koffer und meine Tasche, so eine mit vielen Flicken, eigentlich mitgenommen? Sind die hier irgendwo? Hängt das Plakat? Können Sie mir meine Tasche geben? Ich war gestern Abend so erschöpft, dass ich gar nicht mehr gefragt habe. Jetzt, mit diesem Ding hier«, sie holte einmal tief Luft und zeigte auf den High-Flow in ihrem Gesicht, »ist es besser. Sorry, ich war zu schnell. Nochmal eine Frage nach der anderen: die Tasche?«

Louise blickte sich im Zimmer um, in der Ecke standen ein Koffer in einem komischen Lila, darauf eine Stofftasche, die aus mehreren Flicken zusammengesetzt schien. Sie ging um das Bett herum, griff nach der Tasche und reichte sie der Patientin.

»Danke«, sie nestelte an der Tasche, »hängt das Plakat?«

»*Ja.*«

Rosa holte Handy und Ladekabel hervor: »Louise?«, sie wartete auf die Hand, drückte die Utensilien hinein, »könnten Sie das für mich aufladen bitte? Ich glaube, es ist fast leer.«

»*Ja.*«

»Danke.«

Louise steckte das Handy ein, nebenher hatte sie längst die Werte gecheckt. Die Patientin schien einigermaßen stabil. Die Atmung war angestrengt, der High-Flow hoch eingestellt, aber sie schien zurecht zu kommen. Orientiert war sie ganz offensichtlich auch. Jetzt legte sie sich erschöpft im Bett nieder und rang nach Luft.

»Jetzt brauche ich eine Pause oder müssen Sie noch etwas machen? Sonst versuche ich, ein bisschen zu schlafen.«

Louise schüttelte lächelnd den Kopf, was für eine Energie diese Frau hatte, wie dezidiert sie war. Unglaublich. Von wegen Betreutes Wohnen… Sie hatten sie alle in der Übergabe völlig unterschätzt.

Sie musste noch eine Blutgasanalyse machen. Vorsichtig machte sie sich an der rechten festgebundenen Hand der Patientin zu schaffen. Sie bemerkte, wie sie vor sich hinsprach: »Schön stillhalten, ich muss nur etwas Blut aus der liegenden Arterie abnehmen, es tut nicht weh…«, verwirrt hielt sie inne. Die Frau war doch taub. Wenn diese so sprach, vergaß man das vollkommen. Wie sollte sie ihr sagen, was sie machen musste? Sie wusste nicht wie, also drehte sie den Unterarm langsam herum, so dass den Stöpsel lösen und die Spritze aufsetzen konnte. Plötzlich die linke Hand der Patientin, vorsichtig ertasteten ihre Finger die Spritze. Louise hielt die Spritze gut fest und kurz in ihrer Tätigkeit inne.

»Sie nehmen Blut ab, oder?«, die Patientin lieferte die fehlenden Worte, »vereinbaren wir ein B für Blutabnehmen?«

Louise beendete ihre Tätigkeit, bevor sie ein J in die Handfläche malte. Sie bräuchten ein Lexikon. Nachdenklich begab sie sich zur Tür und rief den Springer draußen, dass er ihr die Blutgasanalyse abnehmen sollte. Sie ging noch einmal zu der Patientin zurück, eine Berührung an der Schulter.

»Sie gehen? Sie haben sicher noch andere Patienten.«

»Ja.«

Louise entledigte sich in der Schleuse nachdenklich ihrer Schutzkleidung.

Gregor wachte auf, weil jemand an seiner Schulter rüttelte, müde öffnete er die Augen. Dämmerung eines weiteren grauen Dezembertages in Quarantäne. Mia zog ihn hoch.

»Papa, wo ist denn Mama? Warum schläft Leo bei dir?«

Gregor rieb sich die brennenden Augen, warf einen Blick auf seinen noch schlafenden Sohn. Sein Kopf dröhnte, er brauchte einen Moment, bis er die Frage seiner Tochter erfasst hatte. Er seufzte, blickte kurz weg, bevor er endlich antwortete: *»Mama ist heute Nacht ins Krankenhaus gekommen. Es... ging ihr nicht gut.«*

Die Angst malte sich in das kleine Gesicht: *»Aber sie kommt bald wieder? Heute noch?«*

Er strich über die dunklen Locken seiner fünfjährigen Tochter: *»Nein, gestern musste der Krankenwagen kommen. Es... wird ein bisschen dauern, glaube ich.«*

Mia nickte nachdenklich: *»Warum schläft denn Leo bei dir?«*

»Er ist aufgewacht, als der Krankenwagen kam und hatte ein bisschen Angst.«

»Hat er Mama noch gesehen?«

»Ja, er hat ihr noch tschüss gesagt.«

Seine Tochter blickte einen Moment an ihm vorbei: *»Und ich nicht. Ich… habe nichts mitbekommen.«*

»Ich wollte dich nicht extra wecken. Es war… viel Stress. Mama hat dir doch noch abends gute Nacht gesagt.«

Mia sah ihren Vater lange an. Seine Silhouette verschwamm, als ihr die Tränen kamen: *»Ich hätte ihr auch gern tschüss gesagt.«*

Gregor nahm sie wortlos in den Arm und ließ erst von ihr ab, als Leo neben ihnen begann sich zu rekeln. Der kleine Junge setzte sich auf, seine Hände suchten nach seinem Vater und seiner Schwester.

Wieder die fragende kleine Faust an seinem Kinn: *»Mama?«*

Gregor rückte zu ihm herum, die Hände des Jungen legten sich automatisch über seine: *»Krankenhaus.«*

Gregor überlegte, ob er die Gebärde schon kennen würde. Wahrscheinlich, seine Eltern und Geschwister hatten so oft von der Klinik erzählt. Gregor machte langsam weiter, seinen Sohn fest im Blick, ob er ihn verstehen würde, langsame klare Gebärden in den kleinen Händen seines Sohnes: *»Husten, Fieber, krank. Mama erzählt gestern Abend?«*

Leo tippte mit seiner linken Hand auf Gregors Oberschenkel: *»Ja«*, dann wandte er seinem Vater sein Gesicht zu und sprach. Rosa hatte so viel mit ihm gesprochen, alle anderen taten es auch, der Kindergarten, ein Großteil der Familie, es schien sehr viel einfacher für ihn die Worte über das Hören zu erfassen und mit seinem Mund, statt mit seinen Händen zu reden. Gregor hatte das oft traurig gemacht. Das stete Sprechen von Rosa mit ihrem Sohn hatte ihn von ihrer eigenen, innigen, taktilen Kommunikation ferngehalten.

»Wann kommt sie zurück?«

Gregor nahm die Hand seines Sohnes und hielt sie an sein Gesicht, er schüttelte den Kopf.

»Du weißt es nicht, Papa?«

Gregor zog die Stirn kraus. Leo war wie Rosa, er wiederholte seine Worte, so musste er kaum sprechen. Er nickte. Leo begann zu weinen. Er redete vor sich hin, während er in die Umarmung seines Vaters floh. Gregor strich ihm über den Kopf und überlegte, wie er einen weiteren Tag der Quarantäne mit beiden Kindern hinter sich bringen sollte. Noch vier Tage, dann wäre es vorbei. Mia war schon auf und davon, so dass Gregor den warmen kleinen Körper seines Sohnes weiterschaukelte. Seine Gedanken stahlen sich zu Rosa, während seine Augen blicklos im Zimmer hingen. Sie war so krank gewesen. Wie es ihr wohl ginge? Wäre sie wach? Könnte er sie kontaktieren? Erstmal müsste er herausbekommen, wo sie sie eigentlich hingebracht hatten. Mit einem Seufzer löste er sich von Leo, stellte diesen auf den Fußboden vor dem Bett, bevor er ihn an die Hand nahm. Sie gingen zusammen ins Kinderzimmer, wo Mia schon dabei war sich anzuziehen. Er hieß Leo vor dem Kleiderschrank warten, zog erst einen Pullover heraus und hielt diesem seinen Sohn hin. Dieser nickte und wartete auf die weiteren Kleidungsstücke. Er deponierte alle auf einem ordentlichen Stapel vor sich. Als er alles beisammenhatte, begann er seinen Schlafanzug auszuziehen, brachte diesen zu seinem Bett und steuerte dann wieder auf den Klamottenstapel zu. Er zog sich Stück für Stück an, immer wieder bewunderte Gregor seinen Sohn dafür, dass er dies trotz seiner Blindheit mit dieser Selbstverständlichkeit tat. Rosa hatte ihn trainiert, ihn jeden Tag mit den Worten, die sie selbst nicht mehr hören konnte, durch den Tag begleitet und ihn zu einem selbstständigen Jungen werden lassen. Sie würde Leo so fehlen. Gregor würde sie nicht ersetzen können, weder kannte er sich mit der Erziehung und dem Erleben von blinden Kindern aus, noch konnte er ihm die für ihn so wichtige Sprache liefern, um ihm das Leben leicht zu machen. Er verabschiedete sich bei Leo mit einem Klopfen auf die Schulter und warf Mia ein paar Gebärden zu: »*Ich bin in der Küche und mache Frühstück.*«

»*Wir kommen gleich, Papa. Ich bringe Leo mit.*«

Er lächelte ihr zu. Mit Mia war alles einfach. Sie war wie er selbst. Sie war taub, sie sprach kaum, sie gebärdete in einer teuflischen Geschwindigkeit und Eloquenz, die das Temperament, das sie von ihrer Mutter geerbt hatte, durchscheinen ließen. Sie war unbekümmert, einfach ein Kind. Sie gebärdete taktil mit ihrer Mutter und mit Leo, wenn es notwendig war. Wenn Leo sie wieder einmal nicht verstand, zog sie ihn einfach mit, sie malte was auch immer in die Luft und machte sich verständlich oder sie forderte von Rosa eine Übersetzung ein, damit Leo mitkam. Sie betrachtete ihren Bruder mit vor Anstrengung gerunzelter Stirn, wenn er sprach und ließ ihn wiederholen, bis sie verstanden hatte. Die zwei so verschiedenen Kinder wurden miteinander groß, sie liebten sich, sie achteten sich und irgendwie fanden sie trotz der kommunikativen Hürden immer wieder einen Weg zueinander. Als Leo mit dem Knopf seiner Jeans kämpfte, ging sie ihm schweigend zur Hand, bevor sie ihm bedeutete, dass es Frühstück gäbe. Er nahm selbstverständlich ihre Hand und gemeinsam betraten sie die Küche. Ihr Vater war nicht da. Suchend sah sich Mia um, wandte sich dann an ihren Bruder, der mit seinen Ohren durch die Wände gucken konnte.

»Papa, wo?«

Leo stellte seine Ohren auf: *»Wohnzimmer. Er weint«,* seine Schwester verstand sein Gebärden immer noch besser, als wenn er sprach. Er lauschte, sein Vater weinte immer leise, aber er hörte ihn trotzdem. Energisch zog er seine Schwester mit. Die beiden fanden ihren Vater vor dem Sofa sitzend, die Hände mit einem zerknüllten Stück Papier vor das Gesicht geschlagen. Vorsichtig tippte Mia ihn an, gleichzeitig sah sie, wie Leo ihn streichelte.

»Papa, was ist denn los?«

Er schüttelte den Kopf und zog beide Kinder zu sich heran. Er hatte den Zettel gefunden, den der Sanitäter gestern Abend auf dem Sofa hinterlassen hatte.

Wir fahren Ihre Frau in die Uniklinik. Auf die Intensivstation. Station 1c oder 1d. Die Telefonnummer ist… Vielleicht kann jemand aus Ihrer Familie dort anrufen und nachfragen, wie es ihr geht. Wir haben nicht viel Zeit.

Die Intensivstation, nicht viel Zeit… Er würde Vera bitten müssen, dort anzurufen und nachzufragen, wie es Rosa ginge. In der Hektik hatte er vergessen, Rosas Braille-Zeile zu dem Handy in die Tasche zu stecken. Also konnte er sie nicht erreichen. Vielleicht durfte sie ihr Handy dort ohnehin nicht benutzen. Und wenn sie schon schlief? Wenn sie sie sediert hätten? Beatmet? Er sehnte sich so nach ihr. Er langte nach seinem Handy auf dem Sofa.

»Mia, es tut mir leid, nicht erschrecken. Kannst du den Tisch decken mit Leo? Ich muss Vera schreiben.«

Seine Tochter bejahte ohne einen weiteren Kommentar und zog ihren Bruder mit sich in die Küche.

Das Handy zeigte zwanzig eingegangene Nachrichten. Viele waren von gestern Abend, in der Großfamiliengruppe, die sein Bruder eingerichtet hatte. Gregor nutzte sie kaum aktiv, es war aber schön mitzubekommen, über was die anderen sich austauschten, seine drei Geschwister und seine Eltern. Gestern Abend und am jetzigen Morgen war der Briefkasten fast übergequollen mit lauter besorgten Nachfragen, wie es Rosa ginge. Er screente sie und seufzte. Er entschloss sich, nur Vera anzuschreiben. Er machte einfach ein Foto des Zettels, den der Sanitäter hinterlassen hatte und schrieb dazu: *Vera, kannst du bitte anrufen?*

Wieder antwortete sie prompt: *Mensch, Gregor. Ja, sicher. Die Intensivstation? Ging es ihr so schlecht? Warum hast du dich gestern Abend nicht mehr gemeldet?*

Er steckte das Handy in die Hosentasche und ging zu seinen Kindern. Vera würde sich melden, wenn sie telefoniert hatte. Dann könnte er immer noch antworten.

Rosa hatte tatsächlich noch einmal geschlafen. Hier wurde nichts von ihr gefordert, sie musste nur atmen und für sich selbst da sein. Sie konnte nichts machen, war gefesselt an dieses Bett und allein. Ihre Uhr hatte sie gestern nicht angezogen, sie würde zu Hause liegen. Sie hatte keine Ahnung, wie weit der Tag schon vorangeschritten war. Ob Louise wiederkommen würde? Oder eine andere Kraft? Es war so mühsam, ihnen immer wieder zu erklären, wie man mit ihr reden konnte. Ihre Hilfsmittel lagen zu Hause, einen Dolmetscher gab es nicht. Ihre Hand fuhr gedankenverloren über die steife Bettwäsche. Sie vermisste Gregor und die Kinder. Was sie wohl machen würden? In der Quarantäne war so wenig erlaubt. Mia konnte sich inzwischen sehr gut allein beschäftigen, sie spielte stundenlang mit ihren

Puppen und Gregor hatte von den Bildern erzählt, die sie malte. Eine geteilte Leidenschaft mit ihrem Mann, die ihr so gar nichts sagte. Wie oft hatte sie bereut, dass sie seine Bilder, seine Kunstwerke, nicht sehen konnte, dass sie nicht einmal eine Ahnung hatte, was sie darstellten. Wie würde er mit Leo klarkommen? Für Leo wäre es hart, wenn er den ganzen Tag nichts zu hören bekäme, wenn Mia und Gregor in ihrer stillen Kommunikation wären, von der er nichts mitbekam. Die Tage der Quarantäne hatte sie über weite Strecken mit Leo auf dem Schoß zusammen auf dem Schaukelstuhl verbracht und ihm Geschichten erzählt. Er liebte es. Sie spürte so gern seinen Kopf an ihrer Brust, wenn er sich an sie lehnte und ihr lauschte. Sie wusste, wie wichtig die Worte für ihn waren. Für sie war es auch so gewesen. Ihre ganze Welt waren die Worte gewesen, bis die Welt plötzlich still geworden war…

Eine Hand an ihrer Schulter.
»Louise?«
Wieder ein Ja. Rosa war so erleichtert, dass sie lächeln musste: »Können Sie nach meinem Handy gucken? Ist es aufgeladen?«
Ihr wurde das Handy gereicht, aber gleich wieder entzogen. Rosa wartete ab, es würde einen Grund geben. Das Kopfende ihres Bettes hob sich, bis sie wirklich saß. Louise führte ihre Hand, der Nachtisch, weiter, eine Schüssel, lauwarmes Wasser. Ein Waschlappen. Rosa nickte.
»Geben Sie her. Ich mache das gern selbst«, Rosa griff nach dem Waschlappen, wischte vorsichtig an dem Schlauch in ihrem Gesicht vorbei. Schön, das warme Wasser. Dann ihre Hände. Sie legte den Waschlappen zur Seite, ließ sich von Louise aus dem Flügelhemd helfen und wusch sich Oberkörper und Arme. Sie

spürte Louises Hand, sie stoppte sie. Rosa sank gegen die Lehne des Bettes und rang nach Luft. Schon das Waschen war anstrengend. Ihr wurde schwindlig. Mit einigen sicheren Bewegungen lotste Louise sie in ein frisches Flügelhemd und drückte sie sanft an das Kopfende des Bettes. Beruhigend strich sie ihr für einen Moment über die Schulter. Sie sollte eine Pause machen. Rosa konzentrierte sich auf ihr Atmen, es tat so weh.

Louise betrachtete die Patientin mit Sorge. So stark sie wirkte, wenn sie trotz der Atemnot mit ihr sprach, sie war absolut am Limit, wenn sie sich nur ein klein wenig belastete. Sie würden ein erneutes Röntgenbild machen müssen. Sie blieb bei Rosa am Bett stehen, ihre Hand auf der sich hebenden und senkenden Schulter. Sie hatte den Sauerstoffgehalt in der Luft, die die Maschine in ihre Lungen pustete, weiter hochgedreht.

»Ich habe Schmerzen«, flüsternd drangen die Worte aus ihrem Mund, »die Lunge, immer wenn ich Luft hole. Können Sie mir ein Schmerzmittel geben? Eins, das mich nicht müde macht?«

Louise wog das Opiat in ihrer Hand, es würde der Patientin Entlastung schaffen, sie entspannen, aber natürlich würde es sie müde machen. Warum wollte sie auf jeden Fall wach sein? Sie griff nach der Hand von Rosa und malte ein Warum hinein.

»Warum ich wach bleiben möchte?«

»Ja.«

»Ich… muss noch etwas erledigen. Mein Handy? Sind Sie fertig?«

»Ja.«

Louise reichte ihr das Handy.

Rosa fingerte daran herum, sie entsperrte das Display mit ihrem Fingerabdruck. Sie hatte an der richtigen Höhe zusammen mit Gregor eine Markierung angebracht, so fand sie die Notizen, um diktieren zu können. So hatte sie ihre Bücher geschrieben. Sie hatte sie diktiert und hinterher den Computer alles in Braille übertragen lassen, damit sie es nachlesen und korrigieren konnte. Es war schneller als zu tippen. Jetzt hatte sie ihre Braille-Zeile ohnehin nicht hier und sie war zu schlapp, es wäre schwer, sich ausreichend zu konzentrieren. Blindlings fand sie den Knopf, um mit dem Diktat zu beginnen. Noch einmal der Desinfektionsmittelgeruch, daran konnte sie erkennen, wann eine Person kam und ging. Sie lächelte, sammelte sich kurz und begann mit ihrem Diktat. Es war mühsam, sie hatte kaum genug Luft, um zu sprechen, aber sie kämpfte sich durch.

Vera hatte in der Klinik angerufen, sie war mit einer freundlichen Schwester verbunden worden. Sie musste sich erstmal rechtfertigen, warum sie die Anruferin war und nicht der Ehemann. Gregors Taubheit. Ach so. Ja dann… Vera gab zudem gleich an, dass sie Ärztin sei, die Schwester könne offen reden. Es ginge der Schwägerin so einigermaßen, relativ hoher Sauerstoffbedarf, Dyspnoe bei der kleinsten Belastung. Aber sie ist wach? Ja, sie sei wach. Sie wolle nicht schlafen. Vera meinte Anerkennung in der Stimme der Schwester zu hören. Ja, sie ist ein besonderer Mensch, sie hat unglaublich viel Energie. Gerade diktiere sie etwas in ihr Handy. Sie ist Autorin, so schreibt sie ihre Bücher. Unglaublich! Passen Sie gut auf sie auf. Das tun wir, melden Sie sich morgen gern wieder…

Vera legte den Hörer auf, ihr Mann stand fragend hinter ihr.
»Wie geht es ihr?«
Vera zuckte die Schultern: *»So mittelmäßig. Klingt nicht so gut. Aber sie diktiert irgendwas in ihr Handy.«*
»Rosa ist unglaublich. Sie wird sich schon durchbeißen.«

»Wenn nicht sie, wer dann? Du, ich glaube, ich fahre bei Gregor vorbei und erzähle es ihm direkt.«
»Ja, mach das. Er ist sicher ganz schön allein mit den zwei Kindern.«

Vera schwang sich auf ihr Fahrrad, sie wohnten zum Glück nicht weit auseinander. Nach Jahren der Trennung im Studium hatte die ganze Familie, sie und ihre drei Geschwister wieder zusammengefunden. Alle wohnten in nur Fahrraddistanz zueinander. Wie oft war das schon praktisch gewesen.

Sie klingelte, sah das Blitzen in der Wohnung ihres Bruders und ging um das Haus herum. Gregor wohnte mit seiner Familie im Erdgeschoss, die Küche hatte eine Tür zu dem kleinen Garten. Er tauchte an der Tür auf. Durch das Fenster sah sie seine Erschöpfung. Wahrscheinlich hatte er kaum geschlafen.

»Hi, Gregor«, sie konnten problemlos durch das Glas der geschlossenen Terrassentür miteinander gebärden.

Er winkte müde: *»Hast du angerufen?«*

Vera nickte.

»Wie geht es ihr?«

»Sie liegt auf der Intensivstation. Sie hat eine Atemhilfe, High-Flow heißt das. Das scheint ganz gut zu klappen.«

»Ist sie wach?«

»Ja, sie diktiert wohl was in ihr Handy.«

Ihr Bruder lächelte vor Erleichterung.

»Wie geht es mit den Kindern?«

Gregor sah zu Mia herunter, die hinzugekommen war und streichelte Leo, der auf seinem Arm hing, über den Rücken, mit seiner freien Hand antwortete er: *»Mia spielt schön und sie malt. Leo... er muss Rosa schrecklich vermissen. Sie haben die letzten Tage zusammen auf dem*

Schaukelstuhl verbracht und sie hat ihm Geschichten erzählt.«

»Mach das Fenster ein bisschen auf...«
»Nein, ihr könnt euch anstecken.«
»Nur ein bisschen. Ich bin weit genug weg, keine Sorge.«

Gregor kippte die Balkontür. Er sah, wie Vera begann, mit Leo zu reden, sein Sohn nahm eine aufrechte Position in seinem Arm ein und lauschte ihren Worten. Vera begleitete ihre gesprochenen Worte mit Gebärden. Gregor zog einen Stuhl heran und ließ sich mit Leo darauf nieder und sah seiner Schwester zu.

»Hi, Leo, hier ist Vera. Was machst du so? Spielst du schön?«

»Nein, Mama ist weg.«

Vera übersetzte auch dies und sprach weiter mit ihm: »Und ohne Mama kannst du nicht spielen?«

»Weiß nicht. Mag nicht. Wann kommt Mama endlich wieder?«

»Das wissen wir noch nicht, Leo«, auch Mia folgte den Worten ihrer Tante gespannt, sie warf ihrem Vater einen fragenden Blick zu, »ich habe eben mit dem Krankenhaus telefoniert. Es geht ihr ganz okay. Aber ein bisschen wird sie noch dableiben müssen. Was würdest du denn gern spielen?«

»Rausgehen.«

»Das geht im Moment nicht, Leo. Noch viermal schlafen, dann dürft ihr wieder, dann ist die Quarantäne vorbei.«

»Dann können wir wieder auf den Spielplatz?«

»Ja, und in den Kindergarten.«

»Und Mama kommt zurück…«

»Ja, bestimmt.«

Leo machte den Zweifel in ihrer Stimme aus.

»Wenn die Quarantäne vorbei ist, kommt ihr uns auf jeden Fall mal besuchen, ok?«

»Okay.«

»*Und Mia, du? Spielst du schön?*«, Vera sprach weiter in beiden Sprachen. Sie rückübersetzte Mias Antworten, damit auch Leo sie verstehen konnte.

»*Ja, mit meinen Puppen. Und ich male ein Bild. Warte...*«, Mia war auf und davon. Sie stürmte in das Arbeitszimmer ihres Vaters, wo sie auch ihre Malsachen hatte, und nahm das große Blatt an sich. Sie stiefelte zurück, an ihrem Vater vorbei und hielt das Bild wie ein Plakat ans Fenster. Vera schluckte.

»*Du hast deine Mama gemalt?*«

Gregor zog Mia und das Bild herum. Ein Bildnis seiner Frau, auf dem Schaukelstuhl, in einem ihrer großen Bücher lesend. Mia war eine unglaubliche Zeichnerin für ihre fünf Jahre, es erinnerte Gregor alles an früher. Auch er hatte schon früh die Bilder in seinem Kopf auf das Papier bannen können und damit alle in Erstaunen versetzt. Mias Bild war so klar, als säße Rosa wirklich hier bei ihnen in ihrem Schaukelstuhl. Sein Blick vernebelte. Mit einem Ruck setzte er Leo auf dem Boden ab und entfernte sich von seinen Kindern. Er ging ins Bad und schloss sich ein. Er rang nach Luft, er brauchte einen Moment für sich. Vera würde schon die Kinder unterhalten. Er vermisste Rosa so. Sie war gestern so plötzlich weg gewesen. Durch Leos Aufstand hatten sie sich gar nicht wirklich voneinander verabschieden können. Er konnte sie nicht kontaktieren. Er durfte sie nicht besuchen. Was, wenn... Er stöhnte lautlos, schob den Schwindel, der ihn ergriff zur Seite. Er hatte nichts essen können. Er drehte den Wasserhahn auf und ließ eiskaltes

Wasser erst über seine Handgelenke laufen, dann schöpfte er es sich portionsweise ins Gesicht. Er musste durchhalten. Er durfte keine Schwäche zeigen. Die Kinder... er trocknete sein Gesicht und ging zurück in die Küche. Vera hatte sich draußen auf einem Gartenstuhl niedergelassen und erzählte zweisprachig eine Geschichte. Seine Kinder saßen vor der gekippten Küchentür, Mias Arm lag um Leos Schultern. Gregor setzte sich still hinter seine beiden Kinder und hörte einfach mit zu. Als Vera sich wieder aufmachte, warf er ihr ein »*Danke*« zu. Er ertrug ihren musternden, fragenden Blick. Er hatte kaum etwas gesagt, sie würde sich Sorgen um ihn machen, wie immer, wenn er nicht sprach. Aber sie hatte seinen Kindern erklären können, wie es Rosa ging.

Rosa hatte das Handy müde zur Seite gelegt und dämmerte vor sich hin. Erneut der Desinfektionsmittelgeruch, und etwas anderes – Tee? Sie setzte sich mühsam etwas weiter auf und wandte ihr Gesicht der Tür zu, wo sie die hereinkommende Person vermutete: »Bringen Sie Frühstück? Louise, sind Sie es?«

Sie spürte jemanden in ihrer Nähe. Ein Brett, der Krankenhausnachttisch, den man über das Bett ziehen konnte, ihre Hand glitt daran entlang. Das Tablett, vorsichtig tastete sie sich weiter vor, sie wollte auf keinen Fall etwas umstoßen. Ein Teller, Brot, rechts davon der Becher, der etwas Heißes enthielt. Jemand nahm ihre Hand.

»Louise?«, wiederholte sie.

»*Ja.*«

»Ist das Tee?«, vorsichtig tastete Rosa nach dem Becher und hob ihn an ihr Gesicht. Durch den Schlauch und das Gepuste drangen die Gerüche nicht normal zu ihr.

»Ja.«

Rosa schüttelte sich.

»Louise, gäbe es einen Kaffee? Mit Tee brauchen Sie mir nicht zu kommen. Das wäre etwas für meinen Mann. Ich bin Südamerikanerin, zum Frühstück brauche ich einen Kaffee, mit viel Milch und mindestens drei Löffeln Zucker«, sie sagte es scherzend, dann leiser, »aber das geht hier wohl nicht, oder?«

Louise stand kopfschüttelnd am Bett der jungen Frau und konnte sich ein Grinsen kaum verkneifen. Wo nahm die Frau nur ihren Humor her angesichts der Atemnot, die sie eindeutig quälte? Sie schrieb erstmal ein Nein in die Hand der Patientin, sie konnte sich unmöglich erneut ausschleusen, nur um einen Kaffee zu holen.

»Okay. Alles gut. Könnten Sie mir ein Brot streichen und es in zwei Hälften schneiden? Dann esse ich es mit der Hand, das ist am einfachsten.«

Louise bejahte.

Rosa merkte ihr Zögern. Wollte sie ihr noch etwas sagen? Sie hielt ihr fragend die geöffnete Handfläche hin und spürte den langsamen Buchstaben nach. Es war alles so mühsam so, keine echte Kommunikation, kein Vergleich zu dem Lormen, noch weniger zu Gregors wunderschönen Gebärden. Sie konzentrierte sich.

»Louise, ich kenne das Wort nicht. Ist egal. Ich esse kurz, dann machen Sie, was sein muss, okay?«

Sie nahm das gereichte Brot, Butter, Marmelade, die nach kaum etwas schmeckte, vielleicht Erdbeere. Rosa nahm einen Bissen, kaute und rang zwischendurch nach Luft. Nach einem Viertel Brot gab sie auf.

»Louise, mehr geht nicht. Ich… bekomme kaum Luft.«

Sie spürte eine tätschelnde Hand an ihrer Schulter, der Tisch wurde weggedreht. Erschöpft lehnte Rosa sich zurück und konzentrierte sich auf ihr Atmen. Es schien immer schwieriger zu werden. Sie sehnte sich so nach Gregor, nach seinem Körper an ihrem, seiner Hand, die ihr die Welt erklärte. Seinen liebevollen Berührungen. Sie drehte den Kopf von der Tür weg und dämmerte ein.

Plötzlich eine Hand an ihrer Schulter, nicht Louise, kräftiger, eher ein Mann, rüde rüttelte er an ihr.
»Was…?«
Sie spürte, wie sie hochgezogen wurde und jemand ihr eine harte Platte in den Rücken schob, sie dann darauf niederdrückte. Sie hatte keine Ahnung, was los war. Ihr waren Krankenhausabläufe nicht geläufig. Es fehlten die Erklärungen. Sie nestelte mit ihrer freien Hand nach der Platte, sie war kalt und unangenehm. Forsch drückte der Mann ihren Arm herunter. Sie holte tief Luft, wenn sie mehr Luft hätte, würde sie sich beschweren. Sie sollten erklären, was sie mit ihr machten. Ihr fehlte die Energie und sie beschloss einfach still zu halten. Nach einigen Sekunden wurde sie unsanft nach vorne gezogen und die Platte wurde entfernt. Er drückte sie zurück in ihr Bett. Dann war er weg. Rosa biss die Zähne zusammen. Sie machten Dinge mit ihr, ohne zu erklären. Es war erniedrigend. Sie war nicht ein dummes Stück Fleisch. Sie konnte klar denken, aber sie brauchte Erklärungen. Geduld und Zeit – die Dinge, die in der Hektik einer Klinik fehlten. Wie sollte sie nur durchhalten? Hoffentlich hatte Vera auf der Station angerufen und Gregor informiert, dass es ihr ganz gut ging. Er würde sich solche Sorgen machen.

Gregor räumte die Küche auf. Leo hatte mit Mühe in seinen Mittagschlaf gefunden, er war sicher durcheinander und müde nach der letzten Nacht. Mia saß am Küchentisch und blätterte in einem Bilderbuch. Nachdem er die Spülmaschine angestellt und den Herd gesäubert hatte, setzte er sich einen Moment zu seiner Tochter. Mit einem traurigen Lächeln strich er über ihre Hand: »*Na, Mia, bist du okay?*«

»*Ja. Können wir Mama anrufen?*«

Gregor schüttelte den Kopf: »*Nein, sie… hat die Braille-Zeile nicht dabei.*«

»*Du musst sie ihr bringen.*«

»*Geht nicht, die Quarantäne.*«

»*Frag doch Vera. Papa, bitte. Ich… möchte Mama unbedingt besuchen. Wenn die Quarantäne vorbei ist.*«

»*Das ist nicht erlaubt, Mia.*«

Mia sah ihn entsetzt an: »*Mama darf keinen Besuch bekommen?*«

Gregor schüttelte den Kopf: »*Alle Menschen, die Corona haben, können in den Krankenhäusern nicht besucht werden, damit man sich nicht ansteckt.*«

»*Das ist ungerecht. Dann sind sie alle ganz allein.*«

»*Es ist schwierig.*«

»*Besonders für Mama. Keiner spricht ihre Sprache.*«

Gregor strich Mia langsam über den Kopf: »*Sie… kommt schon klar. Du kennst doch Mama. Sie beißt sich immer durch. Jetzt schau dein Buch an. Ich muss noch ein bisschen arbeiten.*«

Mia hielt Gregor, der schon am Aufstehen war, zurück: »*Was ist, wenn Mama nicht wiederkommt?*«

Gregor stoppte abrupt. Er versuchte, die Angst, die in ihm hochkroch, herunterzuschlucken. Seine Augen verhakten sich in dem fragenden Blick seiner Tochter. Ihm fehlten die Worte. Er schüttelte nur sachte den Kopf. Mia stand auf ihrem Stuhl auf und schlang die Arme um den Hals ihres Vaters: *»Sie wird zurückkommen, Papa. Bestimmt.«*

Gregor schluckte erneut und schloss seine Tochter kurz fest in den Arm. Dann befreite er sich aus ihrem kindlichen Griff und holte seinen Laptop. Er setzte sich schweigend zu Mia an den Tisch und checkte seine E-Mails. Er musste die Zeit nutzen, bis Leo wieder aufwachte. Der Dreijährige brauchte fast konstante Beschäftigung, er fühlte sich sonst allein in seiner Dunkelheit.

Dr. Rosen betrachtete mit einem kritischen Blick das Röntgenbild. Die Lunge war fast weiß. Die Frau würde nicht mehr lange durchhalten, bald würde man sie intubieren müssen. Er würde es mit seinem Oberarzt besprechen müssen. Würden sie so eine Frau überhaupt intubieren? Gab es eine Patientenverfügung? Taubblind, vielleicht war es für sie eine Erlösung, wenn auf diese Weise das Virus ihr Leid beendete. Bevor er mit dem Oberarzt sprach, würde er sie untersuchen müssen. Nachdenklich begab er sich zu dem Zimmer der jungen Frau. Sie war die jüngste Patientin hier. Das Virus schien vor nichts Halt zu machen. Da draußen nahmen sie der Allgemeinheit die Angst, indem sie immer wieder sagten, es sei eigentlich nur gefährlich für die wirklich alten Menschen. Wenn er sich die Fälle der letzten Wochen vor Augen führte, wusste er, dass dem nicht so war. Gerade auf der Intensivstation landeten eigentlich nur die Jüngeren, denen man angesichts fehlender Vorerkrankungen überhaupt die Chance gab, heil aus dem Drama herauszukommen.

Er kleidete sich ein, öffnete die Tür zu dem Zimmer der jungen Frau. Er hatte ihren Geburtsjahrgang registriert, sie war genauso alt wie er. Auf sein Türöffnen reagierte sie überhaupt nicht, aber als er sich die Hände desinfizierte, wandte sie sich ihm zu. Unglaublich, roch sie das Desinfektionsmittel?

»Hallo. Louise?«

Sein Blick fiel auf das Poster am Kopfende ihres Bettes. Er folgte den Anweisungen und berührte sie vorsichtig an der Schulter.

»Nicht Louise, oder?«

Er malte ein J in ihre Hand.

Rosa überlegte kurz: »Sind Sie Arzt?«

»Ja.«

Sie atmete mit einem Stöhnen aus: »Mir fehlt die Luft. Das Atmen, es wird immer anstrengender.«

Ja, kein Wunder. Bei dem Röntgenbild war es erstaunlich, dass sie überhaupt noch Worte über die Lippen brachte und so klar schien. Es wäre seine Aufgabe zu eruieren, ob sie intubiert und beatmet werden wollte, sollte es soweit kommen. Aber wie in aller Welt sollte er das machen? Wenn man es ordentlich machen sollte, müsste man einen Dolmetscher bestellen. Jemand müsste kommen, es würde weder über das Telefon noch per Bildschirm funktionieren. Sie konnte nur per Berührung kommunizieren. Er sah auf ihre Sättigung, knapp, trotz der hohen Sauerstoffzufuhr. Hatte sie Familie? Er würde einen Verwandten anrufen müssen... Er zückte sein Stethoskop und hörte sie ab. Sie atmete etwas tiefer ein, als wüsste sie, was er tat. Als er die Decke zurückschlug, um ihren Bauch zu untersuchen und die Beine, ob sie eingelagert hatte, zuckte sie erschrocken zusammen. Es tat ihm leid, aber er hatte keine Ahnung, wie er sie kontaktieren sollte. Er legte kurz seine Hand auf ihre Schulter. Sie entspannte. Er fuhr mit seiner Untersuchung fort. Es war ein komisches Gefühl. Er hatte das Gefühl, dass sie komplett da war, aber er untersuchte sie, ohne in eine Kommunikation eintreten zu können. Sicher hatte er immer wieder Patienten versorgt, mit denen er keine Sprache teilte, aber die sahen wenigstens, was er tat. Oder die Dementen, das war auch einfacher. Sie verstanden einen eben nicht. Diese Frau könnte ihn verstehen, aber ihm fehlte das Werkzeug, um zu ihr durchzudringen. Sie hielt still und wartete ab. Er beendete die Untersuchung und deckte sie vorsichtig wieder zu. Sie schenkte ihm ein Lächeln: »Danke. Ich habe eine Frage«, sie keuchte, »wenn ich keine Luft mehr bekomme«, sie spürte, wie er an ihrem Bett erstarrte, »was ist dann?«

Sie hielt ihm die geöffnete Handfläche hin, wartend auf seine Antwort. Er dachte kurz nach: *»Intubation, Beatmung.«*

Er buchstabierte langsam, aber klar.

Ihr sagten die Worte nicht wirklich etwas. Sie dachte an Gregor, den sie in den letzten Tagen gequizzt hatte, was man mit COVID Patienten machte, wie sie versorgt wurden. Er hatte auch diese Worte benutzt, sie hatte es nicht gut verstanden. In ihr brannte eine Frage: »Muss man dafür schlafen?«

»Ja.«

Sie nahm die Hand weg: »Ich will das nicht. Ich muss wach bleiben. Mein Mann, meine Kinder…«

Seine Hand erstaunt fragend an ihrer. Er hatte nicht gedacht, dass sie Familie hatte? Sie musste ihn informieren.

Er sollte erfahren, wer sie war, damit er sie ebenso behandeln würde, wie jede andere Frau, die hören und sehen konnte.

»Hören Sie. Ich habe einen Mann und zwei Kinder. Mia ist fünf und Leo ist drei Jahre alt. Sie müssen mir helfen, wie allen anderen auch. Ich muss wieder nach Hause«, sie rang nach Luft und ließ sich erschöpft nach hinten fallen.

Die einzige Antwort war seine Hand, rückversichernd an ihrer Schulter. Die Hand löste sich und er geriet aus ihrem Radar. Sie betete, dass Vera anrufen würde, dass sie dafür sorgen würde, dass man sie ebenso gut behandeln würde wie alle anderen hier. Ob Gregor zumindest auf die Station kommen dürfte und für sie einstehen könnte? Die Quarantäne, sie dauerte noch vier Tage. Wie in aller Welt sollte sie noch vier Tage durchhalten? Sie würden sie doch hier nicht einfach sterben lassen?

Dr. Rosen war in die Schleuse geflohen. Langsam zog er die Schutzkleidung aus, froh, einen Moment für sich zu sein. Diese Frau, sie sah und hörte nichts und hatte zwei Kinder? Ihre Worte hatten ihm zugesetzt. Als er dem Oberarzt die Bilder zeigte, stellte er eine Intubation nicht mehr in Frage. Die Intubationen bei den COVID Patienten waren eine schwierige Sache. Viele wurden protrahiert schlechter. Man musste für die Intubation Narkosemedikamente geben. Sie legten die Patienten schlafen, unsicher, ob sie jemals wieder aufwachen würden und nie waren Verwandte da, die diese Menschen noch einmal in den Arm nehmen konnten und sich von ihnen, die vielleicht nie wieder aufwachen würden, verabschieden konnten. Es war eine grausame Situation. Manchmal war es schwierig die professionelle Distanz zu wahren. Dieser Patientin würde er nicht einmal erklären können, was mit ihr geschah. Seine eigenen Kinder waren im gleichen Alter wie ihre. Wenn er hier liegen würde, er wäre verrückt vor Sorge, wie es für seine Familie weitergehen könnte, sollte er es nicht schaffen. Er musste mehr über sie erfahren. Er klickte in ihre Kontaktdaten, eine Handynummer, wahrscheinlich ihr Mann. Er zückte sein Klinikhandy und rief an.

Gregor las gerade eine E-Mail seines Laborleiters, ob er morgen an einer Online-Konferenz teilnehmen könnte, als sein Handy vibrierte. Er zog es aus der Tasche hervor. Jemand rief an. Er schüttelte den Kopf. Da konnte sich nur einer verwählt haben. Er drückte den Anruf weg, sah dann nachdenklich auf die Nummer. Er scrollte in seinen Kontakten. Die Klinikhandynummern seiner Geschwister fingen mit den gleichen Ziffern an. Sein Herz begann zu klopfen. Er tippte die Nummer an und schrieb eine SMS.

Hallo, hier ist Gregor Treppin. Sie haben eben versucht, mich anzurufen. Aus der Klinik? Ich bin taub. Können Sie bitte eine Nachricht schreiben?

Mit zitternden Fingern schickte er die Nachricht raus. Nebenher stapfte Mia in die Küche, etwas ungeduldig fuhr er sie an: »*Lass kurz. Ich glaube, es ist die Klinik.*«

Mia bekam große Augen: »*Leo ist wach.*«

Gregor stöhnte innerlich. Leo hatte ein schlechtes Timing, wie letzte Nacht: »*Mia, kannst du zu ihm gehen, bitte?*«, er versuchte es, ganz ruhig zu sagen, sie seine Aufregung nicht merken zu lassen.

Das Handy summte.

Hallo, Herr Treppin. Ja, hier ist die Klinik, Dr. Rosen. Ich wusste nicht, dass Sie taub sind. Entschuldigen Sie.

»Rosen, wir brauchen Sie. Hier wird einer schlecht.«
Genervt sah er auf.
»Kann es bitte einen Moment warten? Ich… hab gerade den Mann von Frau Treppin hier.«
»Nein, wir brauchen Sie jetzt.«
Rosen steckte das Handy in die Tasche seines Kasacks. Nach ein paar Sekunden spürte er es vibrieren, aber er hatte keine Zeit, er musste sich um einen anderen Patienten notfallmäßig kümmern. Er tat, was von ihm erwartet wurde und vergaß in der Hektik das von ihm begonnene Gespräch.

Gregor guckte immer wieder auf sein Handy. Erst hatte er gedacht, dass der Arzt weiterschreiben würde. Als er es nicht tat, hatte er verunsichert eine Nachricht geschrieben: *Wie geht es Rosa?*
Er wartete ungeduldig auf eine Antwort, die nicht kam. Parallel kümmerte er sich um Leo. Sie hatten sich am Küchentisch niedergelassen und begonnen, aus Knete verschiedene Dinge zu formen. Rosa hatte das häufig mit Leo gemacht, seine kleinen Hände in ihren, ihre Worte in seinem Ohr. Worte, die Gregor ihm nicht geben konnte. Sie hatten nur ihre Hände. Sie formten wortlos einen Ball, einen Baum, ein Haus…

Es war viele Stunden später, Rosen war dabei sich umzuziehen nach dem stressigen Dienst, als sein Blick auf sein Handy fiel. Eine Nachricht. Wie geht es Rosa… Treppin, er hatte ihn völlig vergessen, noch nicht umgezogen ließ er sich in den blauen OP-Klamotten auf die Bank in der Umkleide sinken.

Herr Treppin, es tut mir leid. Ein Notfall. Danach muss ich gestehen, habe ich Sie ein bisschen vergessen. Ihre Frau ist einigermaßen stabil.

Die Atmung? Das Röntgenbild?

Verwirrt ließ Rosen das Handy sinken.

Sind Sie Arzt?

Nein. Biochemiker. Viele Ärzte in der Familie.

Treppin? Hier in dieser Klink?

Ja, mein Bruder und meine Schwester.

Und Ihre Eltern?

Ja.

Der neurochirurgische Chef?

Ja, er ist mein Vater. Und Rosa, wie geht es ihr?

Sie kämpft ganz schön.

Gregor ließ das Handy sinken.

Wie ist Verständigung? Ist sie wach?

Ja, sie ist wach. Sie sagt, sie will nicht schlafen.

Gregor grinste, typisch Rosa. Sein Handy summte schon wieder.

Die Verständigung ist schwierig. Sie redet viel mit uns. Aber für uns ist es schwierig, mit ihr zu reden.

Ja, ich weiß.

Herr Treppin, weiß Ihre Frau, was Intubation und Beatmung bedeutet? Ich habe ihr das heute in die Hand geschrieben und war nicht sicher, ob sie es verstanden hat.

Rosen starrte auf sein Handy, die Antwort des Mannes ließ auf sich warten. *Geht es ihr so schlecht?*

Rosen seufzte: *Es kann sein, dass wir um eine Beatmung nicht herumkommen. Würde sie das wollen?*

Ja.

Einfach, ja? Rosen wartete, ob noch mehr kommen würde. Als nichts kam, traute er sich die Frage zu stellen, die ihm auf der Seele lag: *Wenn wir sie intubieren müssen, legen wir sie in Narkose. Sie wissen das, oder?*

Ja.

Wie... sage ich ihr das?

Wieder dauerte es mit der Antwort. Rosen entledigte sich seiner Arbeitskleidung, öffnete seinen Spint, das Handy lag auf der Bank. Der Austausch dauerte viel länger, in einem Telefonat mit einer anderen Familie hatte er die Dinge in der Regel in wenigen Minuten geklärt.

Gregor saß mit dem Handy in der Hand auf dem Sofa. Eigentlich war es gut, dass sich der Arzt erst jetzt meldete. Die Kinder schliefen und er hatte den Rücken frei. Die Frage des Arztes... Er schrieb mit ihm. Sie schienen sich gut um sie zu kümmern. Er schwankte zwischen der Dankbarkeit dafür und seiner Angst, da es ihr offenbar schlecht ging. Wie sollte er antworten?

Kann ich kommen? Erklären?

Nein, das geht nicht. Es besteht ein absolutes Besuchsverbot.

Bitte!

Ihre Frau hat gesagt, Sie haben zwei kleine Kinder. Sie dürfen sich keinem Risiko aussetzen. Außerdem – niemand darf hier rein. Wirklich niemand.

Machen Sie eine Ausnahme. Sie kann so nicht verstehen.

Es geht nicht. Tut mir leid. Sagen Sie mir, wie ich sie am besten erreiche.

ließ er sich in den blauen OP-Klamotten auf die Bank in der Umkleide sinken.

Herr Treppin, es tut mir leid. Ein Notfall. Danach muss ich gestehen, habe ich Sie ein bisschen vergessen. Ihre Frau ist einigermaßen stabil.

Die Atmung? Das Röntgenbild?

Verwirrt ließ Rosen das Handy sinken.

Sind Sie Arzt?

Nein. Biochemiker. Viele Ärzte in der Familie.

Treppin? Hier in dieser Klink?

Ja, mein Bruder und meine Schwester.

Und Ihre Eltern?

Ja.

Der neurochirurgische Chef?

Ja, er ist mein Vater. Und Rosa, wie geht es ihr?

Sie kämpft ganz schön.

Gregor ließ das Handy sinken.

Wie ist Verständigung? Ist sie wach?

Ja, sie ist wach. Sie sagt, sie will nicht schlafen.

Gregor grinste, typisch Rosa. Sein Handy summte schon wieder.

Die Verständigung ist schwierig. Sie redet viel mit uns. Aber für uns ist es schwierig, mit ihr zu reden.

Ja, ich weiß.

Herr Treppin, weiß Ihre Frau, was Intubation und Beatmung bedeutet? Ich habe ihr das heute in die Hand geschrieben und war nicht sicher, ob sie es verstanden hat.

Rosen starrte auf sein Handy, die Antwort des Mannes ließ auf sich warten. *Geht es ihr so schlecht?*

Rosen seufzte: *Es kann sein, dass wir um eine Beatmung nicht herumkommen. Würde sie das wollen?*

Ja.

Einfach, ja? Rosen wartete, ob noch mehr kommen würde. Als nichts kam, traute er sich die Frage zu stellen, die ihm auf der Seele lag: *Wenn wir sie intubieren müssen, legen wir sie in Narkose. Sie wissen das, oder?*

Ja.

Wie... sage ich ihr das?

Wieder dauerte es mit der Antwort. Rosen entledigte sich seiner Arbeitskleidung, öffnete seinen Spint, das Handy lag auf der Bank. Der Austausch dauerte viel länger, in einem Telefonat mit einer anderen Familie hatte er die Dinge in der Regel in wenigen Minuten geklärt.

Gregor saß mit dem Handy in der Hand auf dem Sofa. Eigentlich war es gut, dass sich der Arzt erst jetzt meldete. Die Kinder schliefen und er hatte den Rücken frei. Die Frage des Arztes... Er schrieb mit ihm. Sie schienen sich gut um sie zu kümmern. Er schwankte zwischen der Dankbarkeit dafür und seiner Angst, da es ihr offenbar schlecht ging. Wie sollte er antworten?

Kann ich kommen? Erklären?

Nein, das geht nicht. Es besteht ein absolutes Besuchsverbot.

Bitte!

Ihre Frau hat gesagt, Sie haben zwei kleine Kinder. Sie dürfen sich keinem Risiko aussetzen. Außerdem – niemand darf hier rein. Wirklich niemand.

Machen Sie eine Ausnahme. Sie kann so nicht verstehen.

Es geht nicht. Tut mir leid. Sagen Sie mir, wie ich sie am besten erreiche.

Vorher haben wir gesprochen. Behandlung von COVID. Sie weiß Bescheid über Beatmung und ECMO?

Ich habe versucht, es zu erklären. Wenn es so weit kommen sollte…

Ja? Was sagen wir ihr dann? Wie?

Sie buchstabieren in ihre Hand.

Ja, okay. Was?

Gregor dachte einen Moment nach, dann: *Maschine, Luft besser, schlafen.*

So?

Ja. Sie kennt medizinische Worte nicht auf Deutsch.

Okay. Ich habe morgen wieder Dienst. Soll ich mich bei Ihnen melden? Oder sollen wir mit jemand anderem aus der Familie telefonieren?

Nein – gern direkt mit mir. Sonst: meine Schwester, per Telefon in der Klinik, Vera Hoheim, wenn Sie wenig Zeit haben. Vielen Dank, dass Sie sich gemeldet haben.

Gern. Bis morgen.

Gregor ließ sich nach hinten auf das Sofa sinken. Er hatte all die Fragen seiner Familie nicht beantwortet, nur Vera hatte heute Mittag in die Gruppe geschrieben. Er rieb sich die Augen. Er war müde, aber er mochte sich nicht allein in das Ehebett legen. Er griff doch noch einmal zum Handy und schrieb Sophia, seiner anderen Schwester, ob sie morgen für ihn das Labortreffen dolmetschen konnte. Sophia hatte das immer wieder angeboten. Seit dem Corona-Wahnsinn war sie zu Hause wie festgenagelt und konnte keine Konzerte spielen. Ob er ein Online-Labormeeting schaffen könnte, wenn nebenher Mia und Leo zu versorgen waren? Er griff nach der Wolldecke auf dem Schaukelstuhl, sie roch nach

Rosa. Erschöpft machte er sich auf dem Sofa lang, ihr Duft trug ihn in seine Träume.

Montag

Dr. Rosen, Louise und der Oberarzt hatten zunächst draußen vor dem Zimmer Visite gemacht, die Blutwerte angesehen, das Röntgenbild. Rosen berichtete, dass er mit der Steroidtherapie begonnen habe, und dem Virostatikum, an das sie eigentlich alle kaum mehr glaubten. Dr. Heimboldt, der Oberarzt, hatte kritisch das Röntgenbild und die Blutgasanalyse beäugt: »Naja, Sie werden sie intubieren müssen. Sie ist jung. Sie hat eine Chance verdient. Haben Sie es schon mit ihr besprochen?«

Rosen wechselte einen Blick mit Louise und sammelte sich: »Nein, ich... es ist schwierig«, er begegnete dem kritisch fragenden Blick seines Oberarztes, »sie ist taubblind.«

»Wie bitte?«

»Ja, Sie haben schon richtig verstanden. Die Patientin ist blind und taub.«

Heimboldt räusperte sich: »Und kognitiv? Kann man das überhaupt beurteilen?«

Louise schaltete sich ein: »Man kann. Sie spricht die ganze Zeit mit uns. Sie ist völlig klar. Allerdings auch sehr erschöpft. Lange geht das so nicht mehr gut. Sie sagt immer wieder, dass sie auf keinen Fall schlafen will.«

»Okay, gehen wir rein. Ich glaube, das muss ich mir selbst ansehen. Verwandte?«

Rosen berichtete von dem gehörlosen Ehemann, mit dem er am Abend zuvor einige Nachrichten ausgetauscht hatte.

»… und sie haben zwei kleine Kinder. Drei und fünf Jahre alt«, fügte Louise hinzu.

»Sie ist noch nicht lange so… eingeschränkt? Hatte sie einen Unfall?«

»Ich habe keine Ahnung. Die Anamneseerhebung ist kaum möglich.«

Sie standen inzwischen in der Schleuse und kleideten sich ein. Heimboldt warf einen Blick durch das Fensterelement der Tür. Eine hübsche, junge Frau, dunkler Teint, schlank, schwarze lange Haare umrahmten ihr Gesicht. Sie wirkte, als würde sie schlafen und sie rang nach Luft.

Sein Blick wanderte zum Monitor und auf die Beatmungsmaschine, während er den Kittel zuknotete, in die Handschuhe schlüpfte und den Gesichtsschutz aufzog. Schweigend betraten sie das Zimmer. Die Frau regte sich nicht. Heimboldt widmete sich zunächst den Gerätschaften, er beobachtete die Atmung der Frau und drehte den Flow und die Sauerstoffzufuhr hoch.

»Steroide hat sie schon?«, in seiner Frage hatte er sie weiter im Blick. Sie zeigte keine Reaktion.

»Ja.«

Louise stand still am Bett, während die Ärzte diskutierten. Sie redeten über die Patientin, als sei sie sediert. Es schien ihr unfair, dass sie ihre Anwesenheit so verbargen. Louise berührte die Patientin vorsichtig an der Schulter.

Rosa zuckte zusammen. Sie war so erschöpft gewesen, dass sie halb eingeschlafen war. Sie wandte ihren Kopf in Richtung zu der Hand und versuchte, sich zu orientieren. Sie hatte das Gefühl, dass mehrere Leute um ihr Bett herumstanden. Sie griff nach der Hand auf ihrer Schulter.

»Louise?«, sie sprach das eine Wort in die mit unbekannten Menschen gefüllte Umgebung. Sie stöhnte vor Erleichterung, als ein Ja kam. Wenigstens etwas Vertrautes. Es musste schon der nächste Tag sein, wenn Louise wieder da war. Hatte sie so viele Stunden im Halbschlaf zugebracht?

»Sind mehrere Menschen hier? Wer?«, sie sprach die Worte in die Richtung, in der sie Louise vermutete, ein zustimmendes Klopfen an ihrer Schulter.

Sie insistierte: »Wer? Ärzte?«

»Ja.«

Sie mussten beratend an ihrem Bett stehen. Sie redeten über sie, statt mit ihr und sie bekam überhaupt nichts mit. Sie spürte die Panik anfluten. Ging es ihr so schlecht, dass sie an ihrem Bett stehen und diskutieren mussten? Wo war bloß Gregor? Oder ihre Assistentin, sie bräuchte sie so dringend. Obwohl durch sie das ganze Drama losgegangen war. Sie hatte sich bei einer ihrer Taubblinden-Assistentinnen angesteckt. Sie hatte nicht auf sie verzichten können. Sie hatte sich das Quäntchen Selbstständigkeit erhalten wollen und war weiterhin mit einer der beiden zum Kindergarten gegangen, um Leo und Mia abzuholen. Gregor hatte sie mehrfach ermahnt, dies zu unterlassen, aber sie hatte es sich einfach nicht nehmen lassen wollen. Sie war wütend geworden. Willst du mich zu Hause einsperren? Ich kann doch nicht die nächsten Monate zu Hause bleiben und auf eine Assistentin verzichten, nur um mich nicht anzustecken.

Das ist kein Leben mehr. Ich muss doch für Mia und Leo da sein. Ich bin ihre Mutter. Sie hatte sich durchgesetzt. Rosa dachte zurück an den Morgen, als Gregor von der Textnachricht erzählt hatte, die Regine ihm geschickt hatte, dass sie infiziert sei. Regine hatte so ein schlechtes Gewissen gehabt. Rosa hatte Gregor gebeten, diese zu beruhigen, ihr werde schon nichts passiert sein. Nach einer knappen Woche in der Quarantäne, die sie wirklich zu Hause einsperrte in einem Maß, das sie kaum ertragen konnte, war klar geworden, dass sie sich doch angesteckt hatte. Der notgedrungen so enge körperliche Kontakt mit der Assistentin hatte es gefährlich werden lassen. Zunächst war sie unbesorgt gewesen, hatte Gregor, dessen Ängste hochkrochen, beruhigt, anfangs sogar über ihn gelacht. Sie sei doch jung, sie würde schon mit dem bescheuerten Virus klarkommen. Sie würde sich nicht unterkriegen lassen, das wusste er doch. Schließlich hatte sie sein trauriges Lächeln in seinem Gesicht erspürt. Er war in Sorge gewesen. Er kannte das Virus besser als die meisten, er forschte daran im Labor. Sie mochte seine Angst nicht. Er sollte sich keine Sorgen um sie machen, das ließ sie schwach erscheinen. Sie war nicht schwach. Sie war blind, schon immer, daraus hatte sie sich nie etwas gemacht, sie hatte nie etwas anderes kennengelernt. Der Unfall, die nachfolgende Taubheit, hatte ihr zunächst fast den Boden unter den Füßen weggezogen. Ihr wertvolles Hören, einfach weg. Es war alles sehr schwierig gewesen, aber auch daraus hatte sie sich herausgerappelt. Sie hatte Gregor kennen und lieben gelernt. Gregor, mit dem sie inzwischen zwei wundervolle Kinder hatte. Wäre Gregor doch hier, dann könnte sie besser verstehen, was mit ihr geschah...

Sie drehte den Kopf. Waren immer noch all die Menschen an ihrem Bett? Wie viele?

»Kann mein Mann kommen? Ich… es wäre wichtig. Ich kann so kaum etwas verstehen. Bitte!«

»*Nein.*«

Nur ein Nein in ihrer Hand. Ihr traten die Tränen in die Augen. Ihr fehlte die Luft, die Konzentration, um die Lage in die Hand zu nehmen, um die Menschen um sie herum zu dirigieren, wie sie es gelernt hatte zu tun.

»Ich brauche ihn…«, sie wusste, dass nur noch ein Flüstern aus ihrem Mund kam, auch wenn sie es nicht mehr hören konnte. Sie versuchte zu entspannen. Sie würden ihn nicht hereinlassen. Sie müsste sich in die Situation ergeben. Vertrauen darein haben, dass sie sich hier alle um sie kümmern würden, so gut sie konnten, dass sie ihr Bestes für sie geben würden. Sie sammelte noch einmal alle Kräfte für die folgenden Worte: »Ich habe nur eine Bitte. Tun Sie alles für mich. Wie für jede andere Frau, die zwei kleine Kinder hat. Kämpfen Sie für mich. Ich werde Ihnen vertrauen, alles mitmachen, aber lassen Sie mich nicht einfach sterben. Nicht weil ich blind bin und taub. Bitte!«, erschöpft rang sie nach Luft und sank in ihr Kissen. Sie versuchte, die Tränen herunterzuschlucken, sie nahmen ihr die Luft.

Rosen, Heimboldt und Louise schwiegen betroffen.

»Mein Gott…«, entfuhr es dem Oberarzt, »und wir können gar nicht mit ihr reden?«

Louise ließ ihre Hand auf der Schulter der Patientin: »Praktisch nicht. Einzelne Buchstaben in die Hand.«

Heimboldt stieß die Luft zwischen den Zähnen aus: »Naja, sie hat eben klar zu verstehen gegeben, dass sie kämpfen will, oder? Intubieren Sie sie, wenn sie ans Limit kommt, wie jeden anderen auch.«

Rosens Schultern sanken vor Erleichterung herab, Louise lächelte ein bisschen.

Sie griff nach der Hand der Patientin und buchstabierte langsam: »*Wir helfen Ihnen. Keine Angst.*«

Rosa griff nach der Hand, die ihr diese erleichternden Worte gegeben hatte: »Danke. An Sie alle. Mein Mann?«

Louise wandte sich an den Oberarzt: »Können wir nicht eine Ausnahme machen? Sie kann nicht telefonieren. Sie hat gar keine Möglichkeit für einen Kontakt. Wir wissen doch nicht, wie das hier weitergeht.«

»Sie haben zwei kleine Kinder, Louise. Was wenn er auch noch krank wird?«, Rosen schüttelte den Kopf.

»Wir werden keine Ausnahme machen. Auf keinen Fall. Ich werde mir nicht nachsagen lassen, dass es auf meiner Station aus lauter leichtsinniger Weichherzigkeit zu einer Infektion bei einem Besucher gekommen ist. Sie wissen, dass das unmöglich ist, Louise. Wenn sie schlechter wird, bekommt sie einen Tubus, und wenn sie es braucht, nehmen wir sie an die ECMO. Wir sollen um sie kämpfen, hat sie gesagt. Das tun wir. Und hoffen, dass das reicht und sie hinterher noch viele Jahre zusammen mit ihrem Mann und ihren Kindern hat«, er wandte sich seinem Assistenzarzt zu, »und Sie, Rosen, machen Sie ein Echo und sehen Sie zu, dass Sie zu einer Anamnese kommen. Wir müssen wissen, ob sie Vorerkrankungen hat.«

Rosen steckte schweigend die Kritik, die in den Worten seines Vorgesetzten lag, ein. Dieser stürmte schon aus dem Zimmer. Louise und Rosen blieben noch einen Moment zurück.

»Er meint es nicht böse, Philipp. Ruf doch die Schwester an. Ich bin mit meinen Patienten durch. Ich organisiere Frau Treppin ihr Frühstück. Du machst sicher erst deine Visite fertig und kommst dann für das Echo?«

Rosen lächelte Louise an: »Ja, so machen wir es.«

Er verließ das Zimmer, schnappte sich draußen den Visitenwagen, klickte im Programm den nächsten Patienten an und fuhr mit der Oberarztvisite fort.

Es war kurz vor zehn. Gregor hatte mit den beiden Kindern gefrühstückt. Beim üblichen Aufräumen danach hatte er darüber nachgedacht, wie er zu Leo durchdringen sollte, wie er ihm erklären sollte, dass er gleich für eine Stunde in dieser Videokonferenz mit dem Labor festhängen würde und nicht gestört werden konnte. Mia war mit Stiften und Papier am Küchentisch versorgt. Er setzte sich mit Leo auf dem Schoß dazu und machte langsame Gebärden: »*Leo, gleich, ich, Arbeit. Am Computer*«, er lotste die kleinen Hände über den aufgeklappten Laptop, »*du nicht stören. Verstanden?*«

Leo legte die Stirn vor Konzentration in Falten, als er versuchte, seinen Vater zu verstehen. Es war alles so schwierig, seit die Mama nicht mehr da war. Wo war Mama? Wann würde sie wiederkommen?

Er drehte sein Gesicht zu seinem Vater: »Papa, was sagst du?«

Gregor stöhnte lautlos, er hätte viel mehr mit seinem Sohn die taktile Gebärdensprache üben müssen. Rosa und er waren zu oft den einfacheren Weg ihrer Worte gegangen. Sie hatten das manchmal diskutiert. Er hatte von seiner Sorge berichtet, praktisch abgeschnitten von Leo zu sein, keinen direkten Zugang zu ihm zu bekommen. Rosa hatte aber immer und immer wieder insistiert, wie wichtig die gesprochenen Worte für ein blindes Kind seien. Er hatte nachgegeben. Er bedeutete Leo zu warten, zückte sein Handy und rief seine Schwester an.

»Hallo Gregor. Gleich geht es los. Bist du schon so weit?«

»Fast. Warte noch kurz, kannst du bitte Leo erklären, dass er nicht stören darf und warum? Ich stelle ihm gleich eine Geschichte oder Kindersendung an. Er kann sich damit aufs Sofa setzen«, gebärdete in sein Handy.

Seine Schwester nickte, dann sah er, wie sie sprach, und spürte, wie sein Sohn auf seinem Schoß aufmerkte. Sie gebärdete dazu, so dass er selbst ihre Worte mitbekommen würde.

»Guten Morgen, Leo. Ausgeschlafen? Hier ist Sophia am Telefon.«

Leo drehte sich auf dem Schoß seines Vaters zu dem Handy und griff nach dem Gerät. Sophia erklärte. Leo hörte ihr aufmerksam zu. Sophia betrachtete ihr Gegenüber auf dem Bildschirm, das freundliche Lächeln ihres Bruders, der absolut ruhig schien, obwohl in ein paar Minuten diese Laborsitzung losging und er parallel seine beiden kleinen Kinder versorgen musste, obwohl seine Frau schwerkrank im Krankenhaus lag. Sein kleiner Sohn mit dem etwas abgewandten Gesicht, dem zum Telefon geneigten Ohr, die fast geschlossenen Augen. Seine tiefbraunen Locken umrahmten das hübsche Gesicht.

»Ja. Tante Sophia. Kann Papa mir den »König der Löwen« anstellen?«

Zu dem Ja, tippte er seinem Vater auf den Oberschenkel, einer ihrer vielen taktilen Varianten einer Zustimmung, eines seiner »ich verstehe«. Sophia übersetzte.

»Danke für das Dolmetschen, Sophia. Ich kümmere mich kurz um Leo und dann sehen wir uns online?«
»Ja, bis gleich.«

Gregor setzte Leo mit einer Decke und seinem Kuschelhasen auf das Sofa, zückte sein Handy und scrollte zu dem Musical, das Leo so mochte. Irgendwann, wenn dieser ganze Corona-Wahnsinn vorbei wäre, würde er mit beiden Kindern in das Musical gehen, es war visuell derartig eindrucksvoll, dass er sicher war, dass auch Mia es lieben würde. Er drückte die Starttaste, steckte die Kopfhörer in die Buchse des Handys und setzte sie dem Kleinen auf. Parallel seine Hand in der des Kindes: *»Mach es dir gemütlich. Bin bald zurück«,* eigentlich sagte er nur zwei Worte, gemütlich und bis-gleich. Leo verstand und kuschelte sich in die Sofaecke.

Während Gregor mit Sophia gesprochen hatte, war eine Nachricht in seinem Account eingegangen. Regine. Sie erkundigte sich nach Rosas Befinden. Gregor hatte die Nachricht nur kurz gelesen. Jetzt erstmal das Labor-Meeting, danach würde er ihr eine Antwort schicken. Er ging zurück in die Küche, legte Mia kurz eine Hand auf die Schulter und betrachtete ihr Bild. Sie war dabei einen Krankenwagen zu malen. Er lächelte ihr zu, setzte sich und öffnete die Videokonferenz. Sophia war schon da, er startete sein eigenes Video und stellte sich auf stumm. In der Leiste rechts auf dem Bildschirm screente er, wer schon da war, bei

einigen fehlte noch die Videoübertragung. Ein paar seiner Kollegen schienen sich informell auszutauschen, andere waren ebenso stumm geschaltet wie er selbst. Gregor öffnete den Chat und sandte eine Nachricht nur an Sophia: *Bist du bereit? Ich stelle dich kurz vor, ja?*
Ja, gern. Alles gut. Ich stehe dir zur Verfügung.

Er sah ihr Lächeln auf dem Bildschirm und lächelte zurück. Dann loggte sich sein Chef ein und das Meeting nahm seinen Lauf. Gregor schaffte es gerade noch, Sophia vorzustellen, bevor sein Chef in seinem üblichen rasanten Tempo die Projekte für die nächsten Wochen dargelegte und Aufgaben verteilte, einige Fragen zur Diskussion stellte. Gregor hatte Sophias Bild groß gestellt. Sie übersetzte versiert, mit einer Leichtigkeit, die Gregor bei all seinen Dolmetscherinnen nie erlebt hatte. Ab und zu linste er auf den Streifen am rechten Bildschirmrand, um zu sehen, wer sprach. Die Gruppe verfing sich tief in eine fachliche Diskussion, der Gregor zunächst schweigend folgte. Erst als sein Chef ihn direkt ansprach und um seine Meinung bat, positionierte er sich. Am Anfang hatte seine Zurückhaltung alle befremdet. Sie hatten es nicht verstanden. Wenn er eine Dolmetscherin hatte, konnte er doch reden. Schließlich hatte der Chef intuitiv erfasst, dass er diesen Mitarbeiter immer wieder aus der Reserve locken musste. Wenn er ihn direkt ansprach, kamen derartig kluge Kommentare, dass er sich immer wieder fragte, warum Gregor sie nicht freiwillig von sich gab. Inzwischen hatten sie ihren Weg gefunden. Alle redeten erstmal, am Ende wurde Gregor befragt und er stellte seine Gedanken schließlich dar, er gab durch seine Impulse den Projekten häufig noch eine etwas andere Richtung, brachte etwas Neues ein.

So skeptisch sein Arbeitsgruppenleiter am Anfang gewesen war, Gregor hatte es gespürt, dass diesem seine Taubheit unheimlich war, dass er nicht wusste, wie er damit umgehen sollte, dass er unzufrieden war, diesen Mitarbeiter zugeteilt bekommen zu haben, so sehr hatten sie sich inzwischen aufeinander eingestellt. Es hatte vieler übersetzter Eins-zu-eins Gespräche bedurft, bis Gregor die Anerkennung von dem Arbeitsgruppenleiter gewonnen hatte. Über die fachliche Schiene waren sie sich schließlich doch nähergekommen und der Arbeitsgruppenleiter akzeptierte Gregor inzwischen als vollwertiges, ja wichtiges Mitglied seiner Gruppe.

Kurz vor Abschluss des Meetings wandte er sich noch einmal an Gregor: »Sag mal, Gregor, deine Quarantäne ist Donnerstag vorbei? Du machst doch Mittwoch einen Test und bist dann hoffentlich Donnerstag wieder hier, oder?«

Gregor erhaschte gerade noch die Worte. Im selben Moment zupfte jemand an seiner Hose. Leo. Gregor zog ihn auf seinen Schoß, nahm die kleine Hand und winkte seinem Laborteam, nebenher machte er den Lautsprecher des Meetings an und löste seine Stumm-Taste. Er sah die Mitglieder des Teams grinsen und dass sie den Kleinen grüßten.

Leo sah zu ihm hoch: »Wer ist das, Papa?«

Die Antwort kam aus dem Computer, Sophias Stimme: »Die Menschen, mit denen Papa arbeitet Leo. Sie sind gerade in einer Besprechung. Es ist gleich vorbei. Gedulde dich noch kurz.«

»Gregor, du machst sicher drei Kreuze, wenn die elende Quarantäne vorbei ist, oder? Jetzt ja schon das zweite Mal bei euch.«

Thomas, der Arbeitsgruppenleiter, grinste Gregor und dem Kleinen zu.

Gregor nickte mit einem Lächeln: *»Ich versuche am Donnerstag zu kommen. Ich hoffe, der Abstrich ist negativ. Ich melde mich bei dir.«*

Er loggte sich gerade aus dem Meeting aus, als sein Handy vibrierte, nochmal Sophia.

»Sophia, vielen Dank, dass du übersetzt hast. Du bleibst unübertroffen.«

»Danke, Gregor. Mach ich gern. Aber sag mal, ab Donnerstag, wie willst du es eigentlich mit den Kindern machen?«

»Sie werden in den Kindergarten gehen, sie müssen ja nicht einmal negativ getestet werden. Das halte ich für nicht richtig. Aber ehrlich, Sophia, den beiden fehlt der Kindergarten so unglaublich. Ihnen fällt hier die Decke auf den Kopf. Und Leo... ich kann ihm kaum gerecht werden.«

Sophia sah die Trauer in den Worten ihres Bruders: *»Schaffst du es denn, sie zu bringen und abzuholen? Könnte das nicht knapp werden?«*

»Es muss halt irgendwie gehen. Was soll ich machen?«

»Sonst ist das Rosas Job, oder?«

Gregor nickte.

»Wie geht es ihr, Gregor? Hast du etwas gehört?«

»Ich habe gestern Abend mit dem Stationsarzt geschrieben. Es klingt, als würden sie sich gut kümmern, aber es geht ihr nicht gut. Sie liegt auf der Intensivstation. Noch atmet sie selbst.«

»Gregor, es tut mir so leid. Können wir irgendetwas tun? Euch irgendwie helfen?«

»Nein, lass mal. Du hilfst doch schon, so wie eben. Vera ruft auf der Station an und hakt nach. Ich weiß, dass ihr alle an uns denkt. Das hilft mehr als vieles andere.«

»Pass auf, Gregor. Folgender Vorschlag: wenn bei euch der Alltag wieder losgeht, bring du doch die Kinder morgens zum Kindergarten und ich hole sie nachmittags ab. Wir können zu euch nach Hause fahren oder zu uns. Ich verbringe ein bisschen Zeit mit ihnen«, sie grinste und zeigte auf ihren sich wölbenden Bauch, *»dann kann ich gleich schon mal etwas üben.«*

Gregor ließ nachdenklich für einen Moment das Handy sinken, sein Blick streichelte die über das Papier gebeugte Mia, seine Hand den Bauch von Leo auf seinem Schoß, schließlich ließ er sich wieder auf dem Video blicken: *»Das ist ein großartiges Angebot, Sophia. Ich… wir nehmen es gerne an. Sag aber Bescheid, wenn es dir zu viel wird oder wenn du etwas anderes vorhast, ok?«*

»Alles klar, Gregor. Man hat ja kaum Termine im Moment, es sollte kein Problem sein. Dann fülle ich die Zeit wenigstens sinnvoll, bis ich wieder Konzerte geben kann. Ich mache es gern, wirklich. Du solltest diesem Thomas noch erzählen, was los ist. Er weiß nicht, dass Rosa im Krankenhaus ist, oder?«

Gregor zog die Stirn kraus und verabschiedete sich. Er legte das Gerät zur Seite. Er zog Leo ein wenig enger zu sich heran. Für Leo wäre der Kindergarten wichtig, er brauchte hörende und sprechende Menschen um sich, die ihm die Welt erklären konnten.

Louise zog das Frühstückstablett aus dem Essenswagen. Sie hängte den Teebeutel in den Becher, griff schon nach der

Thermoskanne mit dem heißen Wasser, als sie plötzlich innehielt. Sie verließ den Flur und wandte sich der Personalküche zu. Sie hatte den Becher für die Patientin in der Hand. Die Küche war leer. Sich noch einmal umblickend stellte sie den Becher unter die Kaffeemaschine, die sie aus irgendwelchen Spendengeldern finanziert hatten, und drückte die Cappuccino-Taste. Nachdenklich blickte sie aus dem Fenster, während die Maschine prustend erst die geschäumte Milch, dann den Kaffee in den Becher verbrachte. Sie öffnete einen der Oberschränke, nahm noch zwei Tütchen Zucker, riss sie auf, fügte sie dem Kaffee hinzu und nahm mit einem leisen Lächeln den Becher. Manchmal waren es die kleinen Dinge…

Rosa glitt wieder in den Halbschlaf. Es lag an der Erschöpfung, der ständige Kampf um jeden Luftzug, aber auch an dem fehlenden Input, der Langeweile. Sie lag hier ans Bett gefesselt und konnte nichts tun. Gregor wäre zu Hause mit den beiden Kindern, noch in Quarantäne. Wenn heute Montag war, wäre seine wöchentliche Online-Konferenz, wie sollte er es mit den beiden Kindern nebenher regeln? Ihm würde wahrscheinlich etwas einfallen. Er wurde nie hektisch. Wie ihre drei wohl den Tag verbringen würden? Würden sie es schaffen, dem Tag etwas Schönes abzugewinnen, obwohl sie hier festhing und ihnen Sorgen machte? Die Kinder wären sicher sehr verunsichert, vor allem Leo. Ihr Mann und Leo hatten so große Schwierigkeiten, miteinander zu kommunizieren. Für den Kleinen schien es unendlich schwierig, die Gesten in den Händen ihres Mannes zu entschlüsseln. Sie war so dankbar, dass wenigstens sie ihm die Worte, die gesprochene Sprache nahebringen konnte. Sie hatte immer wieder die Worte von Mia und Gregor gedolmetscht. Und sie hatte mit Leo gesprochen. Stunden um Stunden. Der kleine Körper auf ihrem Schoß, an sie gekuschelt. Sie hatte ihm die Geschichten ihrer Kindheit erzählt. Auf spanisch, es wäre merkwürdig gewesen, ihm eine übersetzte, deutsche Version zu liefern. Sie hatte immer wieder in beiden Sprachen mit ihm gesprochen, und er hatte sie verstanden, egal, welche sie nutzte. Ihre Gedanken zogen weiter zu Mia. Sie war ihr sehr viel ferner als Leo. Ein Kind, das sich nur auf seine Augen verließ, taub wie ihr Mann, das sie mit ihren Worten und dem Buchstabieren nicht erreichen konnte. Im Gebärden war sie nie sattelfest geworden, es war eine Sprache, die sie erst durch Gregor und die anderen Gehörlosen nach dem Unfall kennengelernt hatte. Sie lormte lieber, die Buchstaben in ihrer Hand waren die Übersetzung der gesprochenen Sprachen, die so mühelos beherrschte. Mia und Gregor waren sich näher, es war ganz natürlich, sie waren gleich, so wie Leo ihr glich. Wenn es einen Gott gab, und irgendwie glaubte Rosa immer noch daran, sie hatte es über all die Jahre nicht geschafft, sich von der katholischen Grundhaltung zu lösen, die ihre Kindheit geprägt hatte. Sie wusste, dass es naturwissenschaftlich gesehen Unsinn war, an einen Gott zu glauben, trotzdem dachte sie gern an die Gottesdienste ihrer Kindheit zurück. Die Worte, die Geschichten, die Orgel, der Gesang, die vielen Menschen, die in der Kirche irgendwie anders waren als im Alltag. Also, wenn es ihn denn doch geben sollte, grollte sie ihm manchmal insgeheim, warum er Gregor und sie mit einem tauben und einem blinden Kind versehen hatte. Hatten sie nicht vorher schon genug Sorgen gehabt? Obwohl… Leos Blindheit hatte nur Gregor betrübt, sie selbst hatte abgewunken. Man kann damit gut klarkommen, du siehst es doch an mir. Zwei Jahre vor Leos Geburt war es bei Mia genau andersherum gewesen. Rosa hatte getrauert, dass ihrer Tochter der aus ihrer Sicht wichtigste Sinn, das Hören, verwehrt war, während Gregor ihr nach einigen Wochen gestanden hatte, dass er fast erleichtert sei, dass Mia auch nichts höre, so wie er selbst, damit zumindest könne er problemlos umgehen.

Eine Hand an ihrer Schulter riss sie aus ihren Gedanken. Neben dem Gepuste in ihrer Nase meinte sie tatsächlich einen Duft wahrzunehmen: »Kaffee, Louise? Das ist jetzt nicht ihr Ernst. Wo haben Sie denn den aufgetrieben?«, ihre Hand tastete vorsichtig an dem Tablett entlang, bis Louise sie zum Becher führte, Rosa wandte ihr das Gesicht zu, »Sie sind ein Schatz.«

Louises Hand verblieb auf ihrem Unterarm.

»Wissen Sie, wie man einem Taubblinden ein Lächeln zeigt?«

»Nein.«

Sie zeigte ihr die taktile Geste und Louise schenkte ihr ein Lächeln. Oft waren es die kleinen Dinge.

Auch Rosa lächelte: »Der Tag fängt gut an. Eigentlich kann ja nur alles besser werden.«

Louise strich Rosa über den Arm. Wo nahm die Frau nur all die Kraft her? Besorgt sah sie auf die Werte. Kurz entschlossen drehte sie den Sauerstoff auf 100% und wartete einen Augenblick, dann strich sie der Frau über die Wange und nahm ihr den High-Flow ab.

Verwirrt griff Rosa nach ihrer Hand: »Aber was? Brauche ich ihn nicht mehr?«

Louise drückte Rosas Hände um den Kaffeebecher.

»Ich soll den Kaffee genießen? Mit allen Sinnen, die mir zur Verfügung stehen? Meinen Sie das?«

»Ja«, das bestätigende Klopfen war kräftig. Rosa griff kurz nach Louises Hand und strich darüber: »Danke. Aber nur kurz. Ich muss dann wieder daran. Ich muss gesund werden. Für die Kinder und für Gregor.«

Rosa lehnte sich zurück und sog den Duft des Kaffees ein, bevor sie ihn vorsichtig an die Lippen setzte. Mit vielen Pausen, die sie brauchte, um Luft zu bekommen, trank sie Schluck für Schluck das warme, süßliche Getränk. Der Geschmack katapultierte sie zurück nach Kolumbien. Sie musste etwa achtzehn gewesen sein. Das letzte Schuljahr. Frühstück im Internat mit ihren Freundinnen, die Sonne wärmte ihnen das Gesicht, die Luft schwirrte vor Gesprächen, Wortfetzen und Lachen. Sie saßen zu viert um einen Tisch, Louise mit dem süßen Milchkaffee in der Hand, den die anderen wahrscheinlich auch tranken, alle in eine Unterhaltung verstrickt. Ein Wort gab das andere, es war so einfach, die Worte waren zu ihr geflogen gekommen, es war nicht die geringste Mühe gewesen, sie zu verstehen. Sie fantasierten über ihre Zukunft, wer studieren wollte, wo das möglich wäre und was. Es gab nicht viele Angebote in Kolumbien. Die vier kamen aus gebildeten, wohlhabenden Familien und hatten vor, gemeinsam in die USA zu gehen, um dort ein Studium aufzunehmen. Sie träumten von ihren Fächern und Schwerpunkten, Jura, Psychologie, Literatur. Die Schule wäre in einem halben Jahr beendet, ihre Anträge bei den amerikanischen Universitäten liefen. Wahrscheinlich würde es sie an verschiedene Orte in den USA verteilen, aber sie würden Kontakt halten, telefonieren, sich mindestens einmal im Jahr bei der einen oder anderen oder zu Hause in Kolumbien treffen. Ihre Hände suchten sich auf dem in der Sonne liegenden Holztisch, sie schworen sich ewige Treue. Julia, Angelica, Ana… was war aus den dreien wohl geworden? Rosa hatte lange keinen Kontakt mehr mit ihnen gehabt. Seit sie taub war, war es schwierig geworden. Wie es ihnen wohl erging? Ob sie noch in den USA waren? Oder in Kolumbien? Würden sie Partner gefunden haben? Kinder?

Louise nahm ihr den Becher ab und tippte an ihre Schulter. Dann noch eine andere Hand.
»Wer ist das? Sind Sie der Arzt?«
Sie spürte eine männliche Hand in ihrer.
»*Ja.*«
»Ein J reicht. Wie heißen Sie?«
Erstaunlich geschickt die Buchstaben in ihrer Hand: »*Rosen.*«
Rosa lächelte: »Dann teilen wir den Namen. Ich bin Rosa.«
Als Antwort arbeitete er in ihrem Gesicht, er baute den High-Flow wieder an. Rosa legte sich zurück.
»Danke, so bekomme ich besser Luft.«
Wieder sein Tippen auf ihrer Schulter. Mehr nicht. Rosa wandte sich ihm zu: »Es ist schwer zu verstehen. Machen Sie einfach. Schon okay.«
Sie spürte, wie er vorsichtig, fast sanft ihre Decke zurückschlug, dann das Nachthemd, dieses Flügelhemd, das man in Krankenhäusern tragen musste, hochschob. Er reichte ihr etwas in die Hand. Sie tastete, ein länglicher Gegenstand, von dem ein Kabel abging. Sie reichte ihn ihm zurück: »Es ist okay. Ich bin nicht Krankenhaus-erfahren.«

Sie spürte den Schallkopf auf ihrer Brust, darunter eine glibberige Masse. Er machte irgendeine Untersuchung. Sie lehnte sich zurück und konzentrierte sich auf ihre Atmung.

Rosen sah mit gerunzelter Stirn auf den Bildschirm, das Herz war durch die schlechte Lunge belastet, aber war da nicht noch mehr? Doch wieder eine Myokarditis? Die Entzündungen des Herzens hatten sie immer wieder bei den Patienten hier gesehen. Das Virus begnügte sich nicht damit die Lunge zu infizieren, es befiel bei denen, die Pech hatten, den ganzen Körper, die Lunge, das Herz, die Pathologen hatten Auffälligkeiten an den Nieren gesehen, Blutgerinnsel, diese Geruchs- und Geschmacksstörung, der Verlust der Gedächtnisfunktion Monate nach der Infektion. Dieses Virus machte alles und nichts. Manchmal schien es gut, dass das da draußen nicht wirklich publik wurde. Die Menschen würden nur noch mehr Angst bekommen… Er beendete den Schall, wischte den Schallkopf ab und zog die Decke noch ein bisschen weiter zurück. Die Füße, eingelagert. Die Nierenwerte im Blut stiegen auch. Traurig warf er einen Blick auf die junge Frau, als er sie wieder zudeckte. Sie hatte zwei kleine Kinder wie er, und was hatte sie gesagt? Sie teilten den Namen, wenigstens fast. Er nahm ihr etwas Blut aus der liegenden Arterie ab, er würde nicht nur die Blutgase machen, sondern auch gucken, ob sie Antikörper gegen das Virus produzierte. Warum war sie so furchtbar krank? Eigentlich war sie zu jung. Gab es doch Vorerkrankungen? Er würde den Ehemann erneut kontaktieren, oder zur Not dessen Schwester, die Ärztin war, vielleicht wusste sie Bescheid. Es wäre vielleicht der einfachere Weg. Andererseits, wenn seine Frau hier liegen würde und sie würden ihn nicht direkt kontaktieren, sondern seine Schwägerin, er würde ausrasten. Das würde er sich nicht bieten lassen. Er nahm sich vor, nachher etwas Zeit für einen SMS-Austausch zu finden.

Gregor hatte es endlich geschafft, Regine zu antworten. Er berichtete von Rosas Krankenhauseinweisung und merkte ihren Schrecken: *Oh Gott, Gregor, geht es ihr so schlecht? Das darf doch nicht wahr sein.*
Sie ist vorgestern Abend ins Krankenhaus gekommen. Ich weiß nicht viel.
Soll ich für dich anrufen und nachfragen?
Nein, lass. Macht meine Schwester, sie ist Ärztin.
Und hast du Kontakt zu Rosa?
Nein, darf nicht. Kein Besuch.
Am anderen Ende trat eine Pause ein.
Gar nicht? Das kann doch nicht sein. Sie kann kaum kommunizieren. Sie müsste ein Anrecht haben auf einen Dolmetscher oder dich.
Das Infektionsrisiko. Strenge Regeln.
Gregor, es tut mir so leid, dass ich Rosa angesteckt habe. Ich mache mir solche Vorwürfe.
Lass gut sein. Keine Absicht. Wir wissen.
Ich selbst habe keine Ahnung, wo mich das Virus erwischt hat. Bei mir war es alles nicht so schlimm. Wie eine Grippe, Husten, Fieber, Gliederschmerzen. Ich war drei bis vier Wochen nicht richtig fit, jetzt geht es wieder. Bei Rosa – es wird bestimmt ganz schnell wieder besser. Mach dir nicht so viele Sorgen. Sie ist sicher bald wieder bei euch.
Gregor beendete den Austausch, sie musste sich selbst den Mut machen. Er für sich tat alles, um die Situation nicht

wirklich an sich herankommen zu lassen. Daher meldete er sich kaum bei seiner Familie und ließ die meisten ihrer Nachfragen unbeantwortet. Tagsüber war er so mit den Kindern beschäftigt, nebenher die E-Mails und das Labor, dass er ohnehin kaum Zeit hatte zu denken. Ihm graute vor dem Abend und der Nacht. Auch in der letzten Nacht hatte er kaum geschlafen. Die Gedanken an Rosa jagten ihn durch die Träume, sein ganzer Körper zog sich vor lauter Vermissen zusammen. Sie musste durchhalten. Sie musste es einfach schaffen.

Die Vibration des Handys riss ihn aus seinen Gedanken. Gleichzeitig stürmte Mia ins Wohnzimmer.

»*Papa, du musst kommen. Leo hat eine Flasche umgeworfen. Er ist ganz nass und weint.*«

Gregor linste auf das Handy, der Arzt.

Hallo Herr Treppin. Ich hatte versprochen mich zu melden wegen ihrer Frau.

Gregor tippte schnell zurück: *Warten Sie kurz. Melde mich gleich.*

Dann ging er mit Mia in die Küche. Eine ganze Flasche Apfelsaftschorle hatte sich über den Tisch, den Stuhl, den Boden und seinen Sohn ergossen, der brüllend am Tisch saß. Gregor griff mit einer Hand in die Spüle zu dem Lappen, nahm dann die Hand des Kleinen und sie begannen notdürftig erst den Tisch, dann den Stuhl und schließlich den Boden zu reinigen. Leo beruhigte sich sofort und arbeitete konzentriert mit. Als sie fertig waren, machte Gregor die Daumen hoch Geste in Leos Faust und ließ ihn sein Lächeln erfühlen.

»Papa, bist du nicht böse?«

»*Nein*«, sein Kopfschütteln in der Hand des Kleinen, »*alles okay. Dich jetzt umziehen*«, er nahm ihn an die Hand. Sie gingen ins Bad, er zog Leo den klebrigen Pullover und die nasse Hose aus. Zusammen warfen sie die nassen Sachen in den Wäschekorb. Händewaschen, von dem Klebkram befreien, schließlich gingen sie ins Kinderzimmer und suchten Leo frische Sachen heraus. Zum Abschluss wirbelte er seinen frisch angezogenen Dreijährigen einmal durch die Luft. Sein Vater hatte das mit Alexander und ihm auch gemacht, sie hatten es geliebt. Mit Leo auf dem Arm ging er zurück zu Mia, die im Wohnzimmer auf dem Fußboden saß und eine Puppe auszog.

»*Könnt ihr kurz zusammen spielen? Der Arzt von Mama hat sich gemeldet. Ich muss ihm schreiben.*«

»*Okay.*«

»*Mia, kommst du mal zu mir?*«

Sie sah ihn fragend an, kam aber zu ihm. Er schloss auch sie fest in seinen Arm. Mit Leo hatte er so viel Körperkontakt, weil sich dieser sonst so allein fühlte, da durfte Mia nicht zu kurz kommen. Er schob sie ein wenig von sich weg: »*Du bist großartig, Mia, eine tolle große Schwester.*«

»*Und du bist ein toller Papa. Schreib dem Arzt. Wir wollen doch wissen, wie es Mama geht.*«

Er schüttelte lächelnd den Kopf. Sie war doch erst fünf.

Hallo Herr Dr. Rosen. Sorry, die Kinder... Wie geht es Rosa?

Unruhig wartete er. Würde der Arzt jetzt Zeit haben oder hatten sie sich verpasst? Er seufzte vor Erleichterung, als er sah, dass der Arzt am Tippen war.

Es geht ihr so mäßig.
Was heißt das?
Der Sauerstoffbedarf steigt.
Und die anderen Organe?

Rosen runzelte die Stirn. Konnte der Mann hellsehen? Er war kein Arzt. Wie kam er überhaupt auf die Frage? Er beschloss, ehrlich zu sein.

Sie lagert ein, die Nierenwerte steigen.
Das Herz?

Rosen stockte erneut.

Könnte besser sein.
Eine Myokarditis?
Ja, es sieht danach aus.
Egal. Ich wäre so gern bei ihr. Ich möchte sie sehen.
Es ist nicht erlaubt. Sie wissen das.
Sie ist in einem kritischen Zustand, oder?
Ja.
Sie ist allein. Sie versteht kaum.
Ja, Herr Treppin. Wir geben uns Mühe, aber es ist sehr schwierig.
Ich weiß. Darf ich kommen? Bitte!
Es geht nicht. Es tut mir leid.
Ist sie wach?
Ja, sie kämpft mit der Atemnot. Trotzdem spricht sie mit uns. Sie ist vollkommen klar. Ich muss noch etwas fragen. Die Anamnese, wir können sie mit ihrer Frau nicht machen. Vorerkrankungen?
Nein.
Ihre Blindheit und Taubheit? Sonst nichts?
Ja.
Warum ist sie blind und taub?

Gregor ließ das Handy sinken und starrte auf seine spielenden Kinder. Er hatte keine Kraft mehr für diesen Austausch, für all die Worte. Sein Blick fiel auf das Tischchen neben dem Sofa. Ihre Bücher. Langsam stand er auf und nahm das neueste zur Hand. Sein Blick glitt über den Umschlag, er hatte ihn für Rosa gestaltet. Sie hatte ihm von dem Roman erzählt und gefragt, welche Bilder ihm hochkämen. Er hatte versucht zu beschreiben, was vor seinem inneren Auge aufflackerte. Viele Bilder hatten ihr nichts gesagt, aber dieses schon. Ein Mann und eine Frau lagen in einer innigen Umarmung, einander zugewandt, seine Hand in ihrer, die Augen geschlossen, die Gesichter sanft vor Liebe. Ihm traten die Tränen in die Augen. Nicht weinen, nicht hier vor den Kindern. Die Nachrichten von dem Arzt klangen beunruhigend. Er musste die Unterhaltung beenden, er konnte nicht mehr. Er schlug das Buch auf, und lichtete das Innere des Schutzumschlags ab, der ein Foto von Rosa zeigte und ihre Vita beschrieb.

Die letzte Nachricht hatte so lange auf sich warten lassen, dass Rosen sich wieder um seine Patienten hatte kümmern müssen. Erst viel später entdeckte er das Foto, das Gregor ihm geschickt hatte. Das Foto zeigte eindeutig seine Patientin, darunter der Text – *Rosa Treppin, 1988 in Bogotà geboren, von Geburt an blind, im Alter von zwanzig Jahren durch einen Unfall ertaubt. Sie studierte Literaturwissenschaften in Harvard und Gallaudet und legt mit »Touch« ihr drittes Buch vor, nach den erfolgreichen Romanen »Der Tag, an dem die Welt verstummte« und »Die akustische Dimension«. Erneut zeigt sie uns die Welt aus einer ungewöhnlichen, uns unbekannten Perspektive, eine*

Welt, die nur durch den Tastsinn erfahrbar ist. Rosa Treppin lebt mit ihrem Mann und ihren beiden Kindern in Hamburg.
Staunend las Rosen die Zeilen.

Es war am späten Abend. Die Kinder hatte er mit Mühe zum Schlafen gebracht. Sie waren nicht ausgelastet, weil ihnen die Bewegung und die frische Luft fehlten. Zwei Tage noch, dann wäre wenigstens das Gefühl des Eingesperrtseins, das Gefühl, dass man sie aus dem Leben aussortiert hatte, dass sie nicht daran teilnehmen durften, weil von ihnen eine Gefahr für andere ausging, vorbei. Es war die zweite Quarantäne. Erst hatte sich Rosa angesteckt, zunächst hatte sie nur Husten und etwas Fieber gehabt, nach ein paar Tagen ging es ihr schon wieder besser. Es war kurz vor Ende der Quarantäne, als Leo ihnen einen quengligen und anstrengenden Tag servierte. Sie hatten gedacht, er könnte es einfach nicht mehr in der Quarantäne aushalten, abends war das Fieber gekommen. Der Test am nächsten Tag bestätigte, dass er sich bei Rosa infiziert hatte und bescherte ihnen weitere Tage in der Isolation. Rosa hatte sich schwerpunktmäßig um Leo gekümmert, und Gregor und Mia waren etwas auf Abstand gegangen, um sich nicht auch noch anzustecken. Letztlich unerwartet war es Rosa vor einigen Tagen plötzlich wieder schlechter gegangen, als sie beide gedacht hätten, der Zauber wäre vorbei. Leo ging es inzwischen blendend, aber Rosa hatte auf Gregor merkwürdig schlapp gewirkt. Sie war unkonzentriert in der Kommunikation und musste viel häufiger nachfragen als sonst. Sie wählte immer häufiger zu sprechen und er musste die Worte auf ihren Lippen ausmachen, statt der eineindeutigen und gleichberechtigten Kommunikation ihrer

Buchstaben in seiner Hand. Am Morgen des Samstags wirkte sie kurzatmig auf Gregor und war über den Tag in einer Geschwindigkeit schlechter geworden, die ihm Angst gemacht hatte und die ihn das Video an Vera hatte schicken lassen. Es war alles so schnell gegangen. Die Hektik, Leos Unterbrechen einer ohnehin schon chaotischen und angstmachenden Situation. Sie hatten sich gar nicht richtig verabschieden können. Gregor konsultierte seine Uhr, Rosa lag jetzt seit achtundvierzig Stunden auf der Intensivstation und nach den Worten des Arztes von heute Nachmittag sah es nicht gut aus.

Er verbot sich, weiter nachzudenken und schaltete den Fernseher ein. Er achtete darauf, dass der Ton ausgeschaltet wäre, damit Leo bloß nicht wieder aufwachte. Er las die Unterzeilen auf ntv. Eine ganz angenehme Art sich informiert zu halten. Es war kurz und knapp. Natürlich hätte er auch das Internet bemühen können, aber die Texte waren ihm zu lang. Er las, nur ein paar Minuten, dann wiederholten sich die Zeilen. Also umschalten, die ARD-Mediathek, sie enthielt die Nachrichten in einer Gebärdenversion. Er versuchte, wenigstens diese einmal am Tag zu sehen. Sein Tag war so angefüllt, dass hierfür nur die Zeit am späten Abend blieb. Er begann zu schauen, die Corona-Daten, die massiv steigenden Zahlen der Verstorbenen, so hoch, als würden mehrere Flugzeuge jeden Tag abstürzen. Die Zahlen waren so unglaublich, dass sie irreal, unvorstellbar waren und er sich blank berieseln ließ. Die Diskussionen der Politiker, die erst Anfang November versprochen hatten, allen eingeredet hatten, dass die Schulen und Kindergärten offenbleiben könnten, dass man nur die Restaurants eine Weile schließen müsste, reisen verbieten müsste und dann seien die Probleme bis Weihnachten beseitigt und man könne wunderbar mit seiner Familie Weihnachten feiern. Er hatte gewusst, dass sie sich irrten, dass sie der Bevölkerung Ammenmärchen erzählten und sich immer wieder gefragt, warum sie sich nicht trauten, konsequenter zu sein. So viele Menschen starben oder wurden schwer krank und man machte sich Gedanken darum, ob das kleine Blumengeschäft an der Ecke überleben würde. Er ertrug das Nachrichten-Gefasel nicht lange und schaltete den Fernseher vor dem Ende der Nachrichten aus. Er würde noch etwas arbeiten, die Labordaten, die seine MTAs ihm lieferten, hatten sich angehäuft in den letzten Wochen und es wäre eine willkommene Ablenkung. Er könnte ohnehin nicht schlafen. Eine Weile klickte er in seinen Daten herum, kopierte einige und verfrachtete sie ins Statistikprogramm, bis er erneut von seinem Handy unterbrochen wurde. Er zuckte zusammen. Wer würde um diese Zeit etwas von ihm wollen? Die Klinik? War etwas passiert? Ängstlich zog er das weiterhin vibrierende Gerät aus der Hosentasche.

Sein Bruder. Erstaunt nahm er den Videoanruf an. Sie würden sich doch nicht bei Vera wegen eines Problems von Rosa gemeldet haben und Alexander musste es jetzt übernehmen, ihm die schlechte Nachricht zu überbringen? Unsicher klickte er den Button, um den Anruf anzunehmen. Alexander lächelte freundlich. Gregor ließ vor Erleichterung die Schultern sinken. Alexander musterte ihn eingehend.

Na, Brüderchen, nicht erschrecken. Ich nutze nur die Zeit, hier sind alle im Bett und schlafen. Bei dir auch?

Gregor nickte nur. Er konnte es nicht unterlassen, auf die Ohren seines Bruders zu linsen. Dieser drehte grinsend etwas den Kopf, seine Ohren waren unbekleidet.

Die CIs sind raus. Du guckst jedes Mal, wenn ich dich anrufe.

Entschuldige. Es ist... nur schöner so.

Vertrauter?

Ja.

Geht mir mit dir auch so, Gregor. Eigentlich wollte ich hören, wie es Rosa geht.

Alexander sah seinen Bruder kurz Luft holen und den Blick abwenden. Was für ein Segen, dass es diese Videotelefonie gab. Wie hatten das bloß früher die Gehörlosen gemacht? Schreiben war so anders als dieser direkte visuelle Kontakt. Gerade in diesen Zeiten, in denen man sich kaum treffen durfte, brachte es eine große Erleichterung, dass sie wenigstens so Kontakt halten konnten. Zögernd, in kleinen Gebärden, als wollte er die Worte gar nicht aussprechen, kam Gregors Antwort.

Nicht so gut.

Mussten sie sie intubieren?

Nein, noch nicht.

Noch nicht?

Sie machen sich Sorgen, die Lunge, das Herz, die Nieren...

Mensch, Gregor, das kann doch nicht wahr sein. Sie ist Anfang dreißig, das ist absolut ungewöhnlich!

Ich weiß. Aber eben nur unwahrscheinlich. Nicht ausgeschlossen.

Warum gerade Rosa? Irgendwie scheint sie immer Pech zu haben.

Hör auf! Das stimmt nicht. Rosa würde niemals wollen, dass man so über sie denkt.

Es tut mir leid, Gregor. War nicht böse gemeint.

Ich weiß.

Wie geht es den Kindern?

Puh, wir hangeln uns hier durch die Tage. Für Leo ist es hart. Sie sind beide sehr tapfer.

Ihr seid jetzt fast vier Wochen in Quarantäne. Ich würde wahnsinnig werden, mit den Kids hier zu Hause so lange eingesperrt zu sein.

Rosas Verlauf beweist, wie wichtig es ist, Alexander.

Ja, du hast schon recht. Aber trotzdem… Donnerstag dürft ihr wieder raus?

Ja.

Wir kommen euch dann auf jeden Fall mal besuchen.

Mal sehen, Alexander. Lass uns telefonieren. Es ist nach Mitternacht. Wir sollten schlafen, du musst doch morgen früh raus.

Ja, Gregor. Gute Nacht. Wir denken hier alle an euch. Alles Gute für Rosa.

Danke. Schlaf gut.

Du auch.

Gregor selbst begab sich langsam in sein Schlafzimmer. Das Licht des Flurs lag in einem breiten Spalt über dem Ehebett. Beide Kinder lagen eng aneinander gekuschelt auf Rosas Seite in ihrem Bettzeug. Rosas Duft war es gewesen, der Leo beruhigt und ihn hatte einschlafen lassen. Gregor löschte das Licht im Flur, schlüpfte im Dunkeln aus seinen Klamotten und legte sich zu seinen Kindern. Er spürte die warmen kleinen Körper und glitt in einen unruhigen Schlaf.

Rosa fuhr vor Schreck zusammen, jemand hatte unsanft ihre Decke zur Seite gezogen und schob ihr Nachthemd hoch.

»Hey, warten Sie. Was machen Sie? Können Sie mir sagen, wer Sie sind? Buchstaben«, sie streckte die geöffnete Handfläche in die Richtung, wo sie glaubte, dass jemand stehen müsste, »hier, in meine Hand.«

Ihre Hand blieb in der Leere schweben, ohne dass sich jemand ihrer annahm.

»Bitte, sagen Sie etwas? Arzt oder Pflege? Wer sind Sie?«

Sie fühlte eine, am ehesten männliche, Hand, das Nachthemd wurde weiter hochgeschoben. Rosa griff in die Richtung. Ihre Hand wurde unwirsch zur Seite geschoben. Dann griff der Mann kräftig nach ihren Beinen und spreizte sie. Rosa schrie vor Schreck auf: »Was machen Sie? Wer?«

Sie keuchte, ihr fehlte die Luft. Sie kämpfte gegen den Druck an, mit dem er ihre Beine versuchte, gespreizt zu halten. Dann eine Hand in ihrem Intimbereich, etwas Nassen, Kaltes. Eine Welle der Panik überkam sie. Ein Typ an ihrem Bett, seine Hand dort, wo sie nicht sein durfte. Sie trat und schlug um sich, soweit sie dafür Kraft hatte und sie schrie: »Hilfe! Einer… hier… sie… wollen…«

Er bekam ihre Hand zu fassen und band auch diese, ihre zweite Hand, fest. Ließ dabei aber von ihren Beinen ab. Sie lag still und rang nach Luft. Sie spürte, wie ihr die Tränen das Gesicht herunterliefen, den Hals entlang, sie kitzelten.

»Nein, nicht auch noch die zweite Hand. Warum?«

Sie ruckelte an den Fesseln, hatte aber keine Möglichkeit sich zu befreien.

Er legte die Decke wieder über sie und… war weg?

»Sind Sie noch da?«

Es kam keine Antwort. Rosa drehte den Kopf zur Seite und weinte still vor sich hin. Langsam beruhigte sich ihr

Puls. Wenn doch nur Gregor bei ihr wäre. Er hätte sie beschützt. Sie fühlte sich so allein und hilflos. Erschöpft dämmerte sie ein.

Dienstag

Rosen folgte der Morgenübergabe seines Kollegen. Er war müde, eins seiner Kinder hatte eine Magen-Darm-Grippe entwickelt und die ganze Nacht durch gespuckt. Nachts zu Hause als Arzt und tagsüber ging es hier gleich weiter.

»Und zuletzt noch, diese taub-blinde Frau…«

Rosen sah seinen Kollegen kritisch an: »Sie hat auch einen Namen, Frau Treppin.«

»Ja, also. Ist doch egal, sie kann ihn sowieso nicht hören. Die hat hier heute Nacht den Aufstand geprobt, geschrien und um sich geschlagen. Tat ihr nicht gut von der Atmung her. Sie hat bestimmt eine Stunde gebraucht, um sich davon zu erholen.«

»Warum hat sie so geschrien? Was war denn?«

Der Kollege dachte nach: »Ich weiß gar nicht so genau. Edgar wollte ihr einen Blasenkatheter legen, weil sie kaum mehr pinkelt. Wir müssen es besser monitoren. Ich glaube, es war danach. Den Blasenkatheter haben wir auf jeden Fall nicht reingekriegt. Eine Sedierung hätte sie von der Atmung her nicht geschafft. Das bleibt also für euch, sorry.«

»Sie ist ausgerastet, als Edgar ihr den Blasenkatheter legen wollte?«

»Ich glaube, ja.«

»Wie habt ihr es ihr erklärt?«

»Philipp, keine Ahnung, ob Edgar das überhaupt versucht hat. Man kann nicht zu ihr durchdringen. Es ist unmöglich.«

Rosen musterte seinen Kollegen: »Überleg mal. Wenn du nicht sehen und hören könntest. Du bist eine Frau. Ein unbekannter Mann fummelt in deinem Intimbereich herum, ohne etwas zu erklären. Was glaubst du, wie hat es sich für sie angefühlt?«

»Du meinst, sie dachte...?«

»Könnte ich mir vorstellen. Sie hat sonst bisher hier alles mitgemacht, hatte Vertrauen zu uns. Das hat sie sogar mehrfach explizit formuliert. Das Echo gestern war völlig problemlos zu machen. Auch wenn wir ihr einen Tropf legen, hält sie ganz still.«

»Tja, wenn du meinst... Der Job bleibt ohnehin für euch. Wir müssen die Ausscheidung überwachen. Keine Ahnung, wie wir ihr den Katheter legen sollen, wenn es ihr solche Angst macht. Heute Nacht dachten wir alle eher, dass sie inzwischen doch verwirrt ist und sich Stück für Stück weiter Richtung Dialyse und Beatmung vorarbeitet. Der Harnstoff ist hoch, wäre Grund genug dafür, dass sie die Orientierung verliert. Guck sie dir an. Ich bin gespannt, ob ihr das hinkriegt und ob sie heute Abend noch wach ist.«

Rosen machte erstmal seine Runde durch die Zimmer, dann die Visite mit den Schwestern. Sie übernahmen einen weiteren Patienten in schlechtem Zustand. Er kam aus der Onkologie und musste sofort intubiert werden. Sie waren mit ihm länger beschäftigt, bis sie das Gefühl hatten, Atmung und Kreislauf einigermaßen wieder im Griff zu haben. Dann kehrte etwas Ruhe ein, und Rosen nutzte die Zeit, um sich für sich allein zum Frühstück zurück zu ziehen. Nicht einmal die Pause durften sie mehr gemeinsam machen. Zum Essen musste man die Maske absetzen und konnte so für die anderen ansteckend sein, also aßen sie alle nacheinander. Zu deutlich zeigten ihnen die Patienten hier täglich, wie gefährlich das Virus war. Sie durften keine zusätzlichen Risiken eingehen. Ihm kam die morgendliche Übergabe in den Sinn und er beschloss, sein einsames Frühstück zu nutzen, um den Ehemann von Rosa, wie sie inzwischen in seinem Kopf hieß, zu kontaktieren.

Herr Treppin, haben Sie einen Moment?
Die Antwort kam prompt.
Ja. Wie geht es meiner Frau?
Ehrlich gesagt, nicht so gut. Die Nieren werden schlechter. Die Blutdrücke sind knapp. Heute Nacht gab es ein Problem. Ich brauche da Ihren Rat.
Was war los?
Rosen berichtete von dem erfolglosen Versuch der Blasenkatheteranlage. Er ging sogar so weit, seinen Verdacht zu äußern, dass die Patientin potentiell Angst gehabt haben könne, dass jemand sie vergewaltigen wollte. Sein Gegenüber hatte die Nachricht gelesen, aber es kam keine Antwort. Nach einigen Minuten meldete sich Rosen erneut.
Es tut mir sehr leid, Herr Treppin. Vielleicht hätte ich das so nicht schreiben sollen. Die Kollegen hatten eher vermutet, dass sie verwirrt ist, weil die Nierenfunktion schlechter wird. Vielleicht war es auch so.
Waren Sie heute schon bei ihr?

Ja.

Ist sie verwirrt?

Ich hatte nicht den Eindruck. Wir brauchen diesen Blasenkatheter, Herr Treppin. Wie sagen wir es ihr, damit sie nicht nochmal solche Angst haben muss?

Wieder eine Pause am anderen Ende. Dann kam eine Folge einzelner Worte.

Urin wenig. Müssen messen. Schlauch. Kurz unangenehm.

So soll ich es in ihre Hand schreiben?

Ja.

Das versuchen wir. Vielen Dank.

Danke, dass Sie sich melden. Dass sie versuchen, ihr zu erklären. Haben Sie weiter Dienst?

Heute noch tagsüber, ab morgen bin ich im Nachtdienst.

Melden Sie sich wieder? Auch spät? Ich bin lange wach.

Ja, das mache ich.

Danke!

Nach der Pause ging Rosen auf Louise zu. Wie gut, dass auch diese heute im Frühdienst da war.

»Louise, hast du wieder Frau Treppin übernommen?«

»Ja, das habe ich mir nicht nehmen lassen. Wahrscheinlich ist es doch für sie besser, wenn nicht immer wieder Unbekannte an ihrem Bett auftauchen.«

»Ja, das denke ich auch. Hat Edgar dir vom Nachtdienst von der Aktion mit dem Blasenkatheter und ihrem Ausraster erzählt?«

»Ja, er hat einfach aufgegeben und sie gelassen. Sie war so außer sich. Er denkt, sie deliriert.«

»Und du, was glaubst du?«

»Ich war schon mehrmals heute drin. Nein, sie ist weiterhin klar. Sie erkennt mich und redet mit mir. Sie ist nur sehr müde.«

»Wir müssen es mit dem Blasenkatheter nochmal versuchen. Vielleicht geht es mit dir deutlich besser. Du bist eine Frau. Dir vertraut sie.«

Louise seufzte: »Ich… eigentlich möchte ich das nicht machen. Wie soll ich es ihr erklären?«

Rosen zückte sein Handy und zeigte ihr den Austausch mit dem Ehemann.

»Du schreibst mit dem Ehemann, Philipp?«

»Ja, ich sollte die Anamnese machen. Fand es nicht fair, das mit der Schwägerin zu klären. Er ist doch ihr Ehemann.«

»Ist er auch taub?«

»Ja, aber er versteht unglaublich viel, dachte schon, er wäre vielleicht auch Arzt. Ist er nicht, aber Biochemiker.«

Louise reichte ihm das Handy zurück und sah entschlossen auf.

»Komm, Philipp, lass uns zusammen zu Frau Treppin gehen. Im Moment ist es ruhig, das gibt uns ein bisschen Zeit, es ihr zu erklären. Vielleicht kannst du ihr die Worte buchstabieren und ich lege dann als Frau den Katheter?«

Philipp lächelte erleichtert.

Sie standen beide eingekleidet in Rosas Zimmer, Louise hatte ihr zu verstehen gegeben, dass sie und ein Arzt da seien. Die Patientin wirkte ruhig und aufmerksam. Louise zog sich zurück und richtete sich die Dinge, die sie brauchte auf einem Tischchen hin. Rosen ging langsam auf sie zu.

»*Rosen*«, er machte es so kurz wie möglich.

Rosa wandte sich ihm zu.

»Hallo, Dr. Rosen. Wir sind Namensvetter.«

Er nahm ihre Hand und begann zu buchstabieren, genauso wie Gregor es ihm aufgetragen hatte.

»Urin wenig. Müssen messen. Schlauch. Kurz unangenehm«, er hatte vorher noch einmal auf sein Handy gesehen und wiederholte jetzt einfach die Worte, so wie der Ehemann es ihm aufgetragen hatte. Er sah ihre Konzentration, sie war still, es war, als lauschte sie seinen Worten. Als er fertig war, zog sie die Hand weg. Sie wirkte nachdenklich.

»Dr. Rosen, haben Sie mit Gregor geschrieben?«

Erstaunt blickte Rosen zu Louise herüber.

»Ja.«

»Wie ich das weiß? Es ist sein Stil, wirkt, wie seine Worte. Danke, dass Sie mit ihm schreiben.«

Er klopfte zustimmend auf ihre Schulter.

Rosa machte schon weiter: »Das mit dem Schlauch, den sie mir legen müssen. War es das, was heute Nacht passiert ist?«

Die Frage kam drängend. Auf das Ja aus der Hand des Arztes stieß sie die Luft aus und begann zu weinen. Seine Hand rückversichernd an ihrer Schulter. Hier standen sie in voller Montur und durften sich den Patienten nicht nähern. Es war grausam. Rosa sammelte sich schnell.

»Danke für die Erklärung. Ich verstehe jetzt. Ich halte still. Kann Louise das machen?«

»Ja.«

Louise widmete sich der Patientin mit ruhigen Bewegungen. Rosa spreizte ihre Beine von allein, sie hielt die Hand des Arztes und biss die Zähne zusammen, als der Schlauch in ihre Harnröhre geschoben würde. Eigentlich war es sogar ganz praktisch, sie würde nicht mehr klingeln müssen, um auf die Bettpfanne zu kommen.

Gregor hatte mit Mia und Leo Mittagessen gekocht. Leo liebte es, wenn sie zusammen, Hand in Hand, in der Küche herumpuzzelten. Sein Vater hatte ihm immer wieder gezeigt, dass der Herd heiß war. Leo wusste inzwischen, dass er dort vorsichtig sein musste. Er stand auf einem Schemel, sein Vater hinter ihm. Sie hatten die Nudeln in den Topf gleiten lassen, sein Vater hatte seine kleine Hand zum Griff geleitet, dem einzigen Stück des Topfes, das nicht heiß wurde. Er hörte das Fett in der Pfanne brutzeln, sein Vater wendete etwas hin und her. Dann reichte er ihm erst die Salz-, danach die Pfeffermühle und gemeinsam würzten sie das Fleisch. Leo schnupperte, Nudeln mit Hackfleischsauce. Ein großer Vorteil des gemeinsamen Kochens war, dass Leo so problemlos verstand, was es zu essen geben würde. Während Leo und Gregor ruhig und vorsichtig am Herd standen, tanzte Mia durch die Küche, organisierte Teller, Gläser und Besteck und deckte den Tisch. Gregor drehte sich kopfschüttelnd zu ihr um.

»Mach ein bisschen langsam, Mia, nicht dass dir etwas herunterfällt.«

»Ich passe schon auf.«

Gregor beugte sich herunter, eine Hand an Leos Bein lassend und zog eine der großen Schubladen heraus. Das Nudelsieb. Er reichte es Leos suchenden Händen, sie brachten es gemeinsam zur Spüle. Leo wusste schon, dass sein Vater gleich die Nudeln hierein abgießen würde. Seine Hände formten eine Schüssel: *»Papa, hast du eine Schüssel?«*

In der Küche kamen sie kommunikativ gut miteinander klar. Rosa hatte ihm erklärt, wie wichtig es für den Kleinen sein würde, den ganzen Alltag mit Worten und Händen zu verfolgen. Die Küche war eher Gregors Terrain und er hatte, zum Teil fast wortlos, seinen blinden Sohn eingeführt in die typischen Tätigkeiten. Rosa konnte nicht dazwischen sein und übersetzen, also war dies ein privater Bereich für Vater und Sohn geworden.

Als sie endlich saßen, nahm Gregor erst den Teller von Mia, dann die Schüssel von Leo und zerschnitt die Spaghetti in eine kurze mundgerechte Länge. Er überließ beide Kinder ihrer Mahlzeit. Er starrte auf seinen eigenen Teller. Sein Essen war immer schwierig gewesen, wie bei seinem Vater, zum Glück hatte er dieses Elend nicht an seine Kinder vererbt. Jetzt sah er auf das rot-krümelige Hack, wie blutrotes schleimiges Fleisch. Die Worte des Arztes von heute Morgen sprangen ihn völlig unerwartet an. Ihre Frau scheint Angst gehabt zu haben, dass man sie vergewaltigt...

»Mia, entschuldige, bin gleich zurück«, würgend floh er von seinem Platz an dem Küchentisch ins Bad und erbrach in die Toilette. Sein Magen, der ohnehin fast leer war, er hatte kaum etwas gegessen in den letzten Tagen, zog sich wieder und wieder schmerzhaft zusammen. Die Tränen liefen ihm die Wangen herunter. Rosa, Rosa, ich will bei dir sein. Es tut mir leid, dass du so allein bist. Ich würde so gern für dich übersetzen, dir erklären, dich in den Armen halten, dich spüren, mit dir reden. Ich vermisse dich so. Wir brauchen dich. Warum diese Trennung? Das grausame Virus. Warum musste es gerade dir so zusetzen, wo für dich das Leben manchmal ohnehin schon so schwierig ist und

immer wieder alles in Unverständnis erstirbt, was du nicht ergreifen, begreifen kannst. Wie konnte das Personal so gedankenlos sein. Es tut mir so leid, dass sie dir das antun. Warum nehmen sie sich nicht etwas mehr Zeit? Warum nehmen sie keine Rücksicht und denken nicht nach? Er wusste, dass es niemand böse meinte, aber für Rosa war das Krankenhaus eine feindliche, unverständliche Umgebung. Sie wäre so allein. Sie hatte Angst. Und er konnte sie nicht schützen...

Sein Magen war leer. Er drückte den Taster der Toilette und ließ sich nach hinten sinken. Für einige Augenblicke lag er rücklings auf dem Badezimmerfußboden und starrte nichts sehend an die Decke, dann schloss er die Augen und ließ sich in eine dunkle Ruhe fallen. Irgendwann spürte er erst eine, dann zwei kleine Hände an seinen Wangen. Er öffnete die Augen. Mia und Leo.

»Papa, alles in Ordnung?«

Er richtete sich auf, zog mit dem Ärmel seines Pullovers über sein tränennasses Gesicht: *»Ja, es geht schon wieder. Entschuldigt.«*

Er stand mühsam auf, die Schwärze, die ihm den Blick zu nehmen drohte, herunterfechtend. Er musste mehrfach tief Luft holen, um dem Schwindel Herr zu werden, sah durch den Schleier das besorgte Gesicht Mias. Schließlich nahm er beide Kinder an die Hand. Er ging mit ihnen ins Wohnzimmer und stellte einen Kinderfilm an, der Ton für Leo, die Bilder für Mia. Er legte sich mit den Kindern auf das große Ecksofa, Leo zwischen seinen Beinen kuschelte den Lockenkopf an seine Brust, Mia saß neben ihm, sie sah zu ihm auf und suchte seine Hand.

Rosen hatte sich mit einem Schulterklopfen von ihr verabschiedet, aber Louise hatte sich nach der Anlage des Blasenkatheters weiter um sie gekümmert. Sie hatte sie gewaschen, heute hatte Rosa dies zugelassen. Sie war zu erschöpft. Gerade nahm Louise ihre Hand und führte sie in ihre eigene hohl wie eine Schüssel geformte Handfläche, in der ein cremiger See war.

»Creme?«, immer wieder übernahm Rosa das Sprechen für die anderen, um ihnen zu zeigen, dass sie verstand.

»*Ja*«, damit begannen Louises Hände sanft über ihren Körper zu wandern. Die Arme, die Brust, die Beine. Rosa genoss die sanfte Berührung, sie hätte weinen mögen vor Dankbarkeit. Louise bemerkte, wie die Atmung der Patientin ruhiger wurde und brachte etwas länger mit dem Eincremen zu, als nötig gewesen wäre. Am Ende tupfte sie mit dem Finger der einen Hand in die Creme und verteilte federnd einige Cremetupfen in dem Gesicht der Patienten, wie sie es früher bei ihren Kindern gemacht hatte.

Rosa musste lachen und griff kurz nach Louises Hand.

»Danke. Sie sind wirklich toll«, dann fuhr sie mit ihren Händen über ihr Gesicht, vorsichtig an den Schläuchen vorbei und verteilte die Creme. Louises Antwort-Lachen als Geste an ihrem Arm.

»Louise, haben Sie noch etwas Zeit?«

»*Ja.*«

»Geben Sie mir meine Tasche?«

Louise gab sie in die tastenten Hände. Rosa versenkte die Hände in das vertraute Terrain. Sie hatte neulich, als sie nur ihr Handy im Sinn hatte, gar nicht weiter die Tasche erkundet, was Gregor noch eingepackt haben würde. Ihre Hand glitt über Blindenstock, ihr Weggefährte, wie oft hatte er ihr den Weg gewiesen und sie ungesehene Hindernisse erspüren lassen. Keine Braille-Zeile, in der Hektik wohl vergessen, sie musste noch zum Aufladen im Wohnzimmer auf der Fensterbank liegen. Schade, sie hätte die Kommunikation hier leichter gemacht. Sie tastete weiter und plötzlich blieben ihre Hände an etwas Hölzernem hängen.

Louise beobachtete Rosa still, ein Leuchten glomm im Gesicht der Patientin auf. Sie zog vorsichtig die Hand aus dem Inneren der Tasche hervor, darin etwas Dunkles, wenige Zentimeter groß. Eine Figur.

Rosa schob die Tasche weg und umfasste die Figur mit beiden Händen, zart strichen ihre Finger über die Konturen. Gregor, Mia, Leo und sie selbst, die Figur, sie alle geschnitzt, Mia auf dem Schoß ihres Mannes, Leo auf ihrem eigenen, Gregors Arm umfing sie sanft. Gregor hatte dem Holz diese besondere Form gegeben. Er hatte schon geschnitzt und Figuren aus Unförmigem herausgearbeitet, bevor sie sich kennengelernt hatten. Sein Talent war wertvoll für sie gewesen. Er hatte Dinge hergestellt, ihr zum Betasten gegeben, wenn er sich schwertat, sie zu beschreiben. Am Anfang hatte sie immer die Worte von ihm gewollt, wie sie es von den anderen, den Hörenden, gewohnt war, die ihr ihr Leben lang die Welt in Worten geschildert hatten. Für Gregor war dies schwierig gewesen, sie hatte eine Weile benötigt, um das zu verstehen. Beschreib mir, was du siehst. Ihr Drängen, sein Schweigen. Nach vielen Wochen hatte er sich getraut, mit ihr darüber zu sprechen. Seine Welt waren nicht die Worte. Seine Welt bestand aus Bildern. Er hatte ihr damals eine Miniaturversion der Freiheitsstatue geschenkt, mit der er sie zu einem Ausflug nach New York und einer Bootsfahrt zu diesem touristischen Ziel eingeladen hatte. Als sie auf dem Boot waren und der Wind ihnen um die Nase blies, ihr die langen Haare ins Gesicht wehte, hatte er ihre Hand genommen und buchstabiert. Über seine Schwierigkeiten mit der gesprochenen und geschriebenen Sprache, in seiner Kürze, mit so wenigen Worten…

Ihre Finger glitten erneut über die Konturen.

»Louise, sind Sie noch da?«

Louise bejahte, innerlich schüttelte sie den Kopf. Hatte die Patientin noch nicht bemerkt, dass sie immer versuchte daran zu denken, sich zu verabschieden?

»*Ja.*«

Rosa hielt die Figur hoch: »Sehen Sie mal. Die hat mein Mann geschnitzt. Das sind wir vier.«

Vorsichtig nahm Louise die Figur und betrachtete eingehend die filigrane Schnitzerei in dem tiefbraunen Mahagoni. Schließlich reichte sie sie Rosa zurück, deren Hände sich kurz dankbar um ihre schlossen.

»Könnten Sie mir nochmal mein Handy geben? Ist es aufgeladen?«

Louise reichte ihr das Gewünschte. Rosa entriegelte es, suchte den Aufnahmeknopf, begann erneut ein Diktat. Louise verstand es nicht, Rosa sprach spanisch, ihre Worte immer wieder unterbrochen, weil sie Luft holen musste, ihre freie Hand umfasste zärtlich die Figur.

An Gregor flackerten die Bilder des Disneyfilms vorüber. Er hatte nicht einmal die Untertitel eingeschaltet, Mia kannte den Film und brauchte keine Übersetzung. Sein Blick glitt an dem Bildschirm vorbei nach draußen. Es war Dezember, trotzdem war die Welt erstaunlich hell, die Sonne drang durch das Fenster und ließ die Wohnung noch mehr wie das

Gefängnis erscheinen, das sie im Moment notgedrungen war. Der Himmel war strahlend blau, es ging etwas Wind, der die mit braunen, vertrockneten Blättern behängten Zweige einer Eiche wiegte und ab und zu dem Baum ein Blatt abrang. Sein Blick folgte einem dieser Blätter, das von seiner Basis gelöst wurde und sanft zum Boden glitt. So wie Rosa sich aus der Welt löste? Wurde auch ihre Verbindung zum Leben, der Faden, der sie bei ihnen halten sollte, immer dünner? Spannte er sich schon bedrohlich und drohte zu reißen? Er dachte an das, was der Arzt ihm über die letzte Nacht berichtet hatte, an das Grauen, das es verzögert in ihm ausgelöst hatte, der nicht einmal dabei gewesen war. Wie viel konnte Rosa ertragen? Würden ihre Kräfte reichen, sich dem Virus entgegenzustellen und es niederzuringen oder hatte sie den Kampf schon verloren? Seine Kinder hatten heute noch nicht nach Rosa gefragt. Die Tage vorher hatten sie ihn immer wieder bedrängt und er war nicht in der Lage gewesen, ihre Fragen richtig zu beantworten, sie mit Worten zu beruhigen. Auch hier, ihm fehlten die Worte, immer wieder. Rosa...

Er ließ seine Gedanken in die Vergangenheit zurückfallen, beschwor die Bilder der ersten Tage ihres Kennenlernens herauf. Sie alle hatten sie schon länger insgeheim beobachtet, sie stach heraus an dieser Universität, an der die anderen, die ebenso wie er in einer Welt ohne Geräusch lebten, und er sich so aufgehoben fühlten, weil sie einmal nicht anders waren. Sie waren gleich, sie kommunizierten visuell, es war ein unglaublicher Genuss. Er begann gerade erst, in diese wunderbare Welt einzutauchen. Es waren die ersten Veranstaltungen des Semesters. Er war so weit weg von zu Hause, verging phasenweise fast vor

Sehnsucht nach seinen Eltern, seinen Schwestern und vor allem nach Alexander, seinem Zwilling. Immer waren sie zusammen gewesen, sie waren verschieden, im Temperament, im Sprechen, seit drei Jahren, seit der Cochlea Implantation seines Bruders, auch in ihrem Hören, aber sie liebten sich. Sie waren immer füreinander da gewesen. Dort zu sein, jenseits des Atlantiks ohne all die Menschen, die ihm vertraut waren, er hatte sich so allein gefühlt. Er war still, es fiel ihm schwer, auf die anderen zuzugehen. In dem Appartement, das ihm zugeteilt war, waren drei andere Männer, höhere Semester, lustige Typen. Er folgte ihren Gesprächen, ihrem Witz mit seinen Augen und trug kaum etwas dazu bei. Manchmal hatten ihre Hände in der Luft verharrt, der ein oder andere hatte ihn gemustert. Hast du verstanden? Sie hatten immer wieder gedacht, das Englisch, die Amerikanische Gebärdensprache wären das Problem, dass er ihnen sprachlich nicht folgen konnte. Aber es war etwas anderes gewesen. Er hatte sich schlicht und einfach nicht getraut, an ihren Gesprächen teilzunehmen. Dieses Gefühl des Alleinseins, des Verlassenseins, von allem Vertrauten Getrenntseins, nachts hatte es ihn manchmal fast zerrissen. Er hatte sich so schwergetan, sich in diese Welt, die gehörlose Welt von Gallaudet, einfach fallen zu lassen. Sie anzunehmen, auf die anderen zuzugehen… Es war eine der Einführungsveranstaltungen gewesen. Die blinde Frau, die hier hervorstach, die so anders war, wie Alexander und er selbst in ihren Schulzeiten, über sie war gelästert worden unter den Gehörlosen, weil sie wie eine Klette an ihrem Dolmetscher hing und mit ihm sprach, in Lautsprache. Der Dolmetscher gebärdete nicht mit ihr, sondern nutzte das Buchstabieren, gesprochene Sprache in Buchstaben, nicht die hier fast heilige Gebärdensprache. Jetzt stand sie am Rande des Raums nahe dem Eingang, ihren Blindenstock wie ein Schutzschild vor ihrem Körper und schien auf den Dolmetscher zu warten, von dem weit und breit keine Spur war. Sie stand dort schon eine ganze Weile, allein. Als die Professorin den Raum betrat, schob Gregor seinen Stuhl zurück und ging auf sie zu. Sie wirkte so allein, sie konnten sie doch nicht einfach dort stehen lassen, nur weil ihr Dolmetscher nicht da war.

Er glitt auf sie zu und griff nach ihrer Hand: *»Dolmetscher nicht da?«*

Ihre Hand war sofort auf Empfang gestellt, in einem rasanten Tempo lormte sie zurück: *»Keine Ahnung, wo er ist. Du lormst?«*

»Ja, etwas. Komm. Unterricht. Übersetzen, ich versuche. Ok?«

Sie wandte ihm das Gesicht zu und setzte ein Lächeln auf: *»Das Angebot nehme ich gerne an.«*

Er verstand die Floskel nicht wirklich, hakte sie einfach unter und begleitete sie zu dem freien Platz neben sich. Ein Blick in die Runde seiner Kommilitonen signalisierte ihm ihr Erstaunen und – ihre Skepsis. Er mied die fragenden Blicke und wandte sich nach vorne der Lehrerin zu. In den folgenden fünfundvierzig Minuten begann etwas, das ihn in seinem Zusammensein mit Rosa nie wieder verlassen würde, das Übertragen dessen, was er sah, in Berührung.

Nach der Stunde waren seine Finger wund vom Buchstabieren und sein Kopf schwirrte. Aber Rosa entließ ihn noch nicht aus der Kommunikation: *»Du, vielen Dank. So... hat noch niemand für mich übersetzt. Das war besonders. Ich bin Rosa. Wie heißt du eigentlich? Vorhin* *war so wenig Zeit, dass wir es gar nicht geschafft haben, uns vorzustellen.«*

Eine endlose Reihe von Buchstaben, in einem Tempo, das ihm Mühe machte. Um sich besser konzentrieren zu können, schloss er die Augen, er wandte sich ihr halb zu, ihre rechte Hand in seiner linken. Sein Knie berührte ihres. Als er erschrocken etwas zur Seite rücken wollte, ihre Hand auf seinem Oberschenkel und wieder ihre feingliedrigen Finger, rasch wie ein kleiner Vogel in seiner Hand: *»Warte, bleib. Hab keine Angst vor einer Berührung, nur so bist du für mich da. Für dich ok?«*

»Ok.«

»Also, wie heißt du?«

Ihre Frage, ganz vergessen: *»Gregor.«*

»Das ist kein englischer Name.«

»Nein. Deutsch.«

»Du kommst aus Deutschland?«, auch das war eine ihrer Eigenarten, sie tendierte immer wieder dazu, seine Worte aufzunehmen, aus seinem kurzen staccatoartigen Buchstabieren, einfach einen ganzen Satz zu formen. Viel später würde er verstehen, dass sie es vor allem da draußen in der Umwelt, die hörte und sprach, nutzte, um anzuzeigen, dass sie verstanden hatte, dass sie den Worten der anderen folgen konnte.

»Ja, und du?«

»Kolumbien...«, sie buchstabierte weiter, etwas, das er ganz und gar nicht verstand. Verwirrt zog er seine Hand weg. Sie suchte sie erneut, mit Bestimmtheit lormte sie weiter: *»Ich spreche auch deutsch. Du etwa nicht?«*, was sie eben auf Deutsch gesagt hatte, wiederholte sie auf Englisch, seine Verwirrung hatte sie bemerkt. Sie mussten beide lachen.

Plötzlich war der Dolmetscher aufgetaucht und hatte ihm Rosa entzogen...

In den folgenden Tagen sah er sie immer wieder auf die Distanz, ihr Dolmetscher wie eine Mauer neben ihr, die er sich niemals trauen würde zu durchbrechen. Als dieser einige Tage später mit Rosa im Schlepptau auf ihn zusteuerte, blieb Gregor fast das Herz stehen.

Der Dolmetscher gebärdete, ungelenk: *»Bist du vielleicht Gregor?«*

Gregor nickte ihn nur an, wandte sich dann direkt Rosa zu, eine vorsichtige Berührung an ihrem Ellbogen erzeugte ein Lächeln auf ihrem Gesicht: »Gregor?« Sie hatte ihr Sprechen genutzt. Sein »Ja« in ihrer Hand.

Dann passierte etwas Unerwartetes, sie sprach mit ihrem Dolmetscher, dezidiert, fast befehlend. Ihr Gesicht war Gregor halb abgewandt, so dass er ihren Worten nicht gut folgen konnte. Gregor nahm aber die zunehmend distanzierte Körperhaltung des Dolmetschers wahr, der etwas ungehalten in ihre Hand antwortete. Sie setzte noch etwas hinzu, was schließlich dafür sorgte, dass der Dolmetscher ging. Er hatte Gregor nicht eines weiteren Wortes gewürdigt.

Rosas Hand in seiner, ihr rasches Buchstabieren: *»So, den sind wir mal los. Ist doch viel netter, sich direkt auszutauschen.«*

Er führte ihre Hand zu seinem Gesicht und ließ sie sein Lächeln spüren. Sie machte schon weiter. *»Es war gar nicht so einfach, dich wieder zu finden. Oscar brauchte eine Beschreibung von dir, er konnte meiner aber nichts abgewinnen. Wie soll ich wissen, ob du blond oder dunkelhaarig bist...«*

Gregor hatte grinsen müssen: »*Dunkel. Du hast mich gesucht?*«

Sie war kurz ernst geworden: »*Ja, ich wollte mich weiter mit dir unterhalten. Ich hatte schon Sorge, dich verloren zu haben. Warte, bevor es nochmal passiert, tauschen wir Handy Nummern aus? Dann sind wir Oscar-unabhängig.*«

Es war ein Schwung, ein Temperament in ihrem Buchstabieren, das ihn staunend den Kopf schütteln ließ. Er gab ihr seine Handynummer, sich fragend, wie sie es nutzen würde. Er fragte sie nicht. Sollten sie sich näher kennenlernen, würde sie es ihm schon zeigen.

Sie begann ihn zu quizzen, wie lange er schon in Gallaudet sei, wie es ihm gefalle, ob er mit anderen in einer WG wohne. Er gab kurze Antworten, konterte nicht mit Fragen seinerseits. Sie gab ihm aber freimütig die Informationen über sich selbst, die sie ihm auch entlockte.

Irgendwann ihre Frage: »*Wie kommt es, dass du lormen kannst? Siehst du auch schlecht? Bist du ein Usher?*«

Er hatte sie sein Kopfschütteln spüren lassen. Das Usher-Syndrom, die häufigste Ursache für eine Taubblindheit. Er buchstabierte zurück.

»*Du hast auch kein Usher, oder?*«

Ihr Lachen: »*Nein. Ich bin schon immer blind. Dann hatte ich einen Unfall. Vor zwei Jahren, dadurch bin ich ertaubt.*«

Er nickte erstmal nur.

Sie hakte nach. »*Was – ja? Was denkst du?*«

Sie hatten mitten auf einem der großen Innenhöfe gestanden, ein wenig im Weg in dem fließenden Strom aus Studenten, er hatte sie am Ellbogen gegriffen und zu einer Bank im Schatten geführt.

»Das ist eine gute Idee. Etwas Schatten«, sie insistierte nach der Pause, *»meine Taubblindheit. Was denkst du? Ich weiß, dass dir etwas im Kopf herum geht.«*

Er nahm seine Hand zu sich und dachte nach, wie er es ausdrücken könnte. Sie war so anders als die anderen wenigen Taubblinden, die er kannte. Die meisten hatten tatsächlich ein Usher-Syndrom, waren taub geboren, gebärdensprachig groß geworden, und im jungen Erwachsenenalter wurde ihr Sehen immer schlechter. Sie alle blieben beim Gebärden. Sie waren primär taub und erblindeten später, in ihrer Identität waren sie Gehörlose und die Blindheit kam als zusätzliche Behinderung dazu. Rosa war anders. Er wollte es ihr erklären, buchstabierend schien es ihm unmöglich.

»Ich habe Cousine, taub-blind. Daher lormen. Du – taktil gebärden?«

Für die letzten Worte nutzte er seine Gebärden.

Sie unterbrach ihn sofort: *»Stopp. Ich gebärde nicht.«*

»OK«, die Buchstaben waren langsam in ihrer Hand.

»Bist du enttäuscht?«

»Nein, habe mir gedacht.«

»Warum?«

»Du sprichst mit Dolmetscher.«

»Ja, das ist meine eigentliche Sprache. Sie war so wichtig. Mit der gesprochenen Sprache haben sie mir die Welt erklärt. Ich möchte sie nicht missen.«

Gregor mühte sich mit ihren Buchstaben: *»Gebärden lernen? Du möchtest?«*

Er war erstaunt über ihr Zögern.

»Ich weiß nicht. Für mich ist das sehr ungewohnt. Das Buchstabieren ist praktisch.«

»*Okay.*«

»*Was denkst du?*«

Er seufzte. Sie würde keine Ruhe geben, bis er endlich Stellung bezogen haben würde, er versuchte es: »*Du bist nicht typisch taub-blind. Eher... blind-taub. Richtig?*«

Rosa musste lachen: »*Ja, Gregor. Ich glaube, genauso ist es. Und du, bist du schon immer taub?*«

Er hatte bejaht.

Ihre nächste Frage war nicht unerwartet: »*Wie gut sprichst du?*«

»*Gar nicht*«, ihr zweites Gespräch und sie waren schon so privat. Rosa drang ohne Hemmnisse zu ihm durch. Jetzt war es an ihr, ihre Hand kurz zu sich zu nehmen.

»*Warum nicht? So schwierig?*«

»*Ja. Muss zum Unterricht. Du? Wo Unterricht?*«

Sie ließ zu, dass er das Gespräch abbrach: »*Einführung in die amerikanische Literatur. Ich finde allein hin. Hoffe, dass Oscar rechtzeitig auftaucht. Und Gregor, können wir Kontakt halten? Ich würde mich gern weiter mit dir austauschen. Möchtest du das auch?*«

Er hatte vorsichtig über ihre Hand gestrichen und bejaht, dann seinen Rucksack geschultert und sich rasch entfernt...

Mias Hand fuchtelte vor seinem Gesicht herum und riss ihn aus seinen Erinnerungen.

»*Papa, der Film ist fertig. Was machen wir jetzt?*«

Er sah herunter zu Leo. Der Kleine war eingeschlafen. Vorsichtig wand er sich unter ihm heraus und deckte ihn mit Rosas Decke zu. Dann setzte er sich mit Mia auf den Boden und sie spielten Memory. Mia war so gut darin, dass es Gregor nicht schwerfiel, sie gewinnen zulassen.

Rosa stellte das Handy aus. Sie hatte sicher eine Stunde diktiert. Ihr neuestes Buch stand kurz vor der Vollendung, ihr Kopf schwirrte vor Ideen, sie musste unbedingt weiterkommen. Sie ärgerte sich über ihre Erschöpfung, ihren Körper, der ihr immer wieder diese Grenzen setzte, die sie nicht bereit war zu akzeptieren. Sie beugte und streckte ihre nicht gefesselte Hand, sie war schwer und dick. Was hatte der Arzt gesagt? Urin wenig? Funktionierten ihre Nieren etwa auch nicht richtig? Sie wollte das alles nicht. Diese unsinnige Infektion, sie würde sich doch nicht von einem Virus niederringen lassen. Es war alles so lächerlich. Sie hatte so gekämpft, ihr Leben lang war alles schwieriger gewesen als für ihre Zwillingsschwester, die ganz normal sehen konnte, aber sie hatte immer das Gefühl gehabt, dass sie an ihren Einschränkungen gewachsen war, ihnen zum Trotz voll gelebt hatte und dem Leben alles abgerungen hatte, was ihr möglich war. Sie hatte nie ihre Tage vertrödelt, sie war immer am Lernen gewesen, immer auf der Suche nach Interaktion, nach anderen Menschen, nach Erfahrungen. Ihre Taubheit hatte sie von ihrer Familie distanziert, die mit ihrer Blindheit gezwungenermaßen gelernt hatte umzugehen, aber mit dem Verlust ihres Hörens völlig überfordert gewesen war. Aber ihre Taubheit hatte ihr Gregor geschenkt und inzwischen die zwei Kinder, die sie gemeinsam bekommen hatten. Von außen betrachtet würden es wenige verstehen, aber sie war glücklich mit ihrem Leben, sie wünschte sich gar kein anderes. Aber hier musste sie rauskommen, sie musste kämpfen. Mühsam rang sie nach Luft. Bevor sie ihren Gedanken erlaubte auf Reisen zu gehen, musste sie kurz schmunzelnd an die ganz Alten denken, die nicht mehr in der aktuellen Welt lebten, deren

Gedächtnis keine Neuigkeiten mehr aufnehmen konnte und die mit ihren Gedanken in der Vergangenheit, in besseren, einfacheren Zeiten hängen blieben. Vielleicht hatte die Natur das ganz liebevoll so angelegt, wenn das Jetzt unerträglich oder unverständlich wurde, schaltete der Kopf in den Rückwärtsgang. Rosa wusste, dass es bei ihr nicht so war. Sie war nicht verwirrt, sie trat in ihren Gedanken ganz gezielt den Weg ins Gestern an.

Es war so schön gewesen, besonders, ihre ersten Treffen mit Gregor. Seine schlanken Finger in ihrer Hand, seine wenigen Worte, sein minimalistischer Stil. Anfangs hatte sie gedacht, er wäre so knapp, weil ihm das Buchstabieren nicht leicht von der Hand ginge. Viel später hatte sein Bruder, auch Gregor war ein Zwilling, wie sie selbst, wie hatten sie gestaunt, als sie diese Gemeinsamkeit entdeckt hatten, ihr berichtet, dass Gregor nie viele Worte machte, dass er immer still sei, eher zusehe, selten aktiv in einem Gespräch sei. Rosa hatte ihm innerlich recht gegeben. Sie selbst war ganz anders, lebhaft und vor allem voller Worte. Die Worte waren ihre Welt, die Schriftsteller, die Bücher, gehört oder in Braille, sie hatte Gregor mit Begeisterung davon berichtet, von den besonderen Geschichten, die sie erfühlt oder gehört hatte. Sie hatte ihm ihre Lieblingsromane zusammengefasst, anfangs buchstabierend. Irgendwann, als sie gerade bei ihrem Lieblingsschriftsteller Márquez angekommen war, hatte er sie vorsichtig unterbrochen, er hatte ihre Hände sanft mit seinen beiden umfasst, gewartet, buchstabiert: *»Rosa, du kannst sprechen. Ich lese ab. Für dich leichter. Möchtest du?«*

Sie war reglos, einmal sprachlos, sitzen geblieben, sie war sicher, dass er ihr Erstaunen spürte. Sie wusste, dass die meisten Gehörlosen das Lippenlesen hassten, für sie schien dabei immer ein Teil der Information unsicher und im Vagen zu verbleiben. Und jetzt bot Gregor ihr an, dass sie sprechen könne mit ihm? Schließlich hatte sie zurück buchstabiert.

»Bist du sicher?«

»Ja.«

Sie hatte sich kurz gesammelt und erneut buchstabiert: *»Okay, versuchen wir es. Stoppe mich, wenn du nicht verstehst. Wie spreche ich am besten, damit es für dich leicht ist?«*

»Entspann dich. Mach etwas langsam. Bin ein guter Lippenleser.«

Bevor sie begann zu sprechen, hatte sie nach seiner Hand gegriffen, sie musste ihn spüren. Es hatte sich wunderbar eingespielt, sie konnte sprechen, ihre Hand in seiner, wenn er nicht verstand, merkte sie es sofort, wurde langsamer und wiederholte. Das erste Mal war eine besondere Erfahrung gewesen. Wie ein Geschenk, dass sie mit ihm sprechen konnte. Sie berichtete halbherzig darüber, was sie ihm eigentlich erzählen wollte, konzentriert auf die Rückmeldung in seiner Hand. Als sie merkte, wie er sich entspannt zurücklehnte, ihre Hand ein wenig mit sich zog und sanft darüberstrich, brach sie in Tränen aus. Seine Hand kam mit einer Verzögerung in ihr Gesicht, sie spürte seinen musternden Blick, langsam wischte er ihre Tränen weg und zog sie wortlos in eine Umarmung.

Irgendwann die Hände zwischen ihren Körpern, seine Buchstaben: *»Nicht weinen.«*

Sie hatte die Intimität der Buchstaben, der gemeinsamen Sprache, für ihre Antwort gewählt: *»Ich weiß nicht, Gregor, ich glaube, du kannst nicht verstehen, was mir das bedeutet.*

Ich kann sprechen und verstehst? Ist das okay? Fühlt es sich nicht komisch für dich an?«

Er schüttelte nur den Kopf, sie waren so eng, dass sie es einfach spüren konnte. Er brachte streichelnd ihre Finger zum Schweigen…

Sie waren das erste Mal in ihrem Appartement gewesen, das sie ganz für sich allein hatte. Ihre Eltern hatten viel Geld. Sie hatte Gregor erklärt, wie wichtig dieser Rückzugsort für sie war, dass sie unmöglich mit mehreren sehenden Kommilitoninnen in einer Wohnung zurechtkommen könnte. Sie brauchte Ordnung, ihre eigene, die keiner stören durfte, sonst fand sie sich nicht zurecht. Er hatte auch hierauf nur genickt und den Kopf gewendet, wie die Sehenden einen Raum betrachten. Sie war still an seiner Seite geblieben und hatte ihn gucken lassen.

»Gefällt es dir?«
»Ja.«
»Komm, setzen wir uns. Möchtest du einen Kaffee?«
»Tee?«

Sie hatte gelacht: *»Ich habe ich gar keinen Tee hier. Als Südamerikanerin gibt es bei mir nur Kaffee. Magst du oder lieber etwas Kaltes?«*

»Dann den südamerikanischen Kaffee.«

Er hatte sie herumpuzzeln lassen, war nicht dazwischengegangen, wie so viele. Lass mal, ich mach schon, kann ich dir helfen? Er hatte all dies unterlassen, was sie sonst so nervte, so verletzte, weil sie ihr immer wieder alle zeigten, wieviel schneller sie waren. Als sie erst den einen, dann den anderen Becher des heißen Getränks auf dem Tisch deponierte, saß er einfach immer noch dort, wo sie ihn verlassen hatte. Dann hatten sie geredet und zwischendurch den Kaffee genossen. Sie hatte erzählt, sie saßen schräg einander zugewandt, Knie an Knie, bis er ihr das Angebot gemacht hatte zu sprechen. Rosa durchlebte ein weiteres Mal diese besonderen Momente, am Ende hatte sie ihn in der Umarmung zu ihrem Bett gezogen. Sie saß schon und spürte sein Verharren, sein Zaudern, schließlich gab sein Körper die Starre und Zurückhaltung auf und er legte sich zu ihr auf das Bett. Mit einer grenzenlosen Sanftheit hatte er sie an sich gezogen und schweigend in seinen Armen gehalten. Es war so innig und schön, dass sie fast erneut geweint hätte. Einmal hatte sie sich seinem Schweigen angeschlossen, sich an ihn gelehnt und einfach seine Wärme, diese wortlose Nähe genossen.

Leos kleine Hände schöpften Wäsche aus dem großen Korb und stopften sie in die Trommel der Waschmaschine, sein Vater rückversichernd hinter ihm. Er drehte sich zu ihm um: »So, voll.«

Die Hand seines Vaters in seiner: »*Ok*«, dann schlossen sie gemeinsam das Bullauge, zogen die Schublade für das Waschpulver heraus und schaufelten vorsichtig etwas hinein. Gregor ließ Leo die Schublade zudrücken, führte dann die Hand zu dem Drehknopf, den er für Rosa markiert hatte, gemeinsam stellte sie die richtige Temperatur ein. Gregor wandte sich schon zum Gehen, als Leo ihn zurückhielt, er tippte ihn an und sprach: »Papa, wann kommt Mama endlich zurück?«

Gregor seufzte, er hob Leo hoch, strich ihm kurz über die Schulter, sein *»warte«,* dann nahm er ihn mit ins Wohnzimmer und sie setzten sich in Gesprächsposition auf das Sofa, nebeneinander, etwas einander zugewandt, Knie an

Knie. Leo war inzwischen groß genug, dass es mit ihm ebenso ging, wie es immer mit Rosa gewesen war, vorher hatte er ihn meist auf dem Schoß gehabt und in seine Hände gebärdet.

Er bildete die Worte langsam: »*Mama sehr krank. Noch im Krankenhaus.*«

Der Vorteil dieser Position war, dass Leo ihm sprechend antworten konnte: »Schlimm, Papa?«, er machte es kurz. Jedes Wort zu viel machte die Verständigung nur schwieriger mit seinem Vater und seiner Schwester.

»*Ja.*«

»Ich habe Angst, dass sie nie wieder zurückkommt.«

Gregors Herz machte einen Satz, wie konnten seine Kinder nur immer so direkt sein? Schweigend zog er Leo auf seinen Schoß, froh, dass dieser seine feuchten Augen nicht sehen konnte. Er schluckte die Tränen herunter und versuchte, ruhig zu bleiben, Leo die Sicherheit zu geben, die er selbst nicht hatte.

Später am Nachmittag, als es längst dunkel draußen war, die Kürze der Tage beeindruckte ihn immer wieder, hatte Gregor heiße Schokolade gekocht. Sie saßen am Küchentisch und genossen sie schweigend, als Gregors Handy summte. Er zog es hervor. Seine Mutter. Bevor er den Antwortbutton drückte, zeigte er Mia das Gesicht und buchstabierte »*Oma*« in Leos Hand, dann nahm er den Anruf an.

Das Gesicht seiner Mutter war freundlich und besorgt. Ihm begegneten nur noch sorgenvolle Gesichter im Moment.

»*Hallo, Gregor. Ich wollte hören, wie es Rosa geht. Bekommst du Informationen aus der Klinik? Hast du direkten Kontakt zu Rosa? Habt ihr schon telefoniert heute?«*

Gregor zog die Stirn kraus. Die sich aneinanderreihenden Fragen, es war so klassisch für seine Mutter. Er seinerseits war so langsam in seinen Antworten, wie sie es gut von ihm und auch seinem Vater kannte.

»Hallo, Mama. Ein Arzt aus der Klinik schreibt ab und zu. Vera ruft an und berichtet.«

»Und Rosa selbst? Habt ihr telefoniert?«

»Es... geht nicht.«

»Warum? Was ist los? Geht es ihr so schlecht?«

»Ich weiß nicht genau. Nein, die Technik. Ihre Braille-Zeile liegt hier auf der Fensterbank. Es war so... hektisch.«

Seine Mutter zog irritiert die Stirn kraus: *»Aber, Gregor, dann bringen wir sie eben vorbei. Du darfst noch nicht raus, aber Papa oder ich oder eins deiner Geschwister kann sie ihr doch bringen.«*

»Ich bin nicht sicher, ob sie fit genug ist, sie zu lesen, Mama. Sie hat noch nicht gefragt.«

»Es ist vielleicht schwierig für sie zu fragen.«

»Sie würde das tun, Mama.«

»Gregor, ich kann mich gern auf den Weg zu euch machen und ihr die Zeile bringen.«

Sie ließ nicht locker. Gregor spürte, wie er ungeduldig wurde. Es war sonst überhaupt nicht seine Art, aber im Moment…

»Mama, du wirst einen Teufel tun. Weder kommst du hierher, wo Leo potentiell noch Viren ausscheidet, noch wirst du dich auch nur in die Nähe der Corona-Station begeben. Es ist schlimm genug, dass es Rosa so erwischt hat.«

»Aber, Gregor«, er spürte ihren musternden Blick, *»ist gut. Es sollte nur ein Angebot sein.«*

Gregor strich sich die Haare aus dem Gesicht: *»Ich weiß, Mama, entschuldige.«*

Kathrin atmete auf, so angespannt hatte sie ihren Sohn selten gesehen, er war einer der ausgeglichensten, ruhigsten Menschen, den sie kannte: *»Sag mal, hast du eigentlich Rosas Eltern Bescheid gegeben oder ihrer Schwester?«*

Gregor wurde heiß: *»Nein... erst wollte Rosa auf gar keinen Fall, dass ich das tue. Jetzt... ich habe es vergessen in all dem Chaos hier.«*

»Soll ich ihnen schreiben oder sie anrufen? Würde das helfen? Wäre es dir recht? Sie müssen doch erfahren, dass Rosa im Krankenhaus ist.«

»Ja«, er zögerte, *»vielleicht wäre das... gut. Aber, Mama?«*

»Ja?«

»Sie sollen nicht kommen. Sie können sie ohnehin nicht sehen. Könntest du das... mit ihnen besprechen?«

»Ja, Gregor, das mache ich. Ich rufe dann wohl besser an. Du hast wahrscheinlich recht, besser sie bleiben jetzt zu Hause und kommen erst dann, wenn es Rosa wieder besser geht.«

»Ja...«, er spürte, wie ihm die Tränen kamen, seine Mutter verschwamm.

»Gregor«, sie stoppte, als sein Bild vom Bildschirm verschwand und er unerreichbar wurde. Jetzt wäre sein Hören so wichtig, sie hatte keine Chance, ihn zu erreichen. Sie hielt ihr Handy in der Hand und wartete sehnsüchtig darauf, dass sein Bild wieder erscheinen würde. Wie gern würde sie jetzt zu ihm fahren und ihn in den Arm nehmen,

ihn trösten. Dieses elende Virus ließ einen glühenden Hass in ihr aufflackern. Was, wenn es Gregor und den Kindern Rosa nehmen würde? Sie schüttelte für sich selbst energisch den Kopf. So ein Unsinn, Rosa war Anfang dreißig, sie hatte keine Risikofaktoren. Es würde schon alles wieder werden. Sie atmete auf, als er mit der Geste einer Entschuldigung wieder auftauchte.

»Magst du noch mit Mia und Leo telefonieren?«

Auf ihr Nicken reichte er das Handy an Leo weiter, Mia rutschte von ihrem Stuhl und gesellte sich zu ihm. Gregor wusste, dass seine Mutter, so wie Vera vorgestern, in den zwei Sprachen sprechen würde, um damit beide Kinder zu erreichen. Er betrachtete seine Kinder, die dunklen Lockenköpfe zusammengesteckt hingen sie beide über dem Handy. Er selbst hatte kaum eine Möglichkeit, seine zwei Kinder zeitgleich zu erreichen. Er überließ sie der Unterhaltung mit seiner Mutter, erleichtert, dass sie ihm ein paar Minuten Pause gewähren würde. Seine Mutter würde sicher die nächste halbe Stunde mit seinen Kindern verbringen. Ihr fiel immer etwas ein, womit sie sie unterhalten konnte. Schweigend räumte er den Tisch ab.

Rosas Eltern, er hatte wirklich vergessen, sie zu informieren. Er hätte es ohnehin nicht allein gekonnt, hätte so oder so die Hilfe von jemanden aus seiner Familie in Anspruch nehmen müssen, der Spanisch sprach. Irgendwie war es mit Rosas Familie nie einfach gewesen.

Er musste zurückdenken an ihr erstes Aufeinandertreffen. Rosas Eltern und ihre Schwester hatten sich zu einem Besuch in den USA angekündigt. Es sollte New York sein, ein vornehmes Hotel. Rosa hatte es an einem

Abend, als sie gerade ihr Abendessen beendet hatten, berichtet. Er war verwirrt gewesen. Warum New York, eine andere Stadt, wo alles für Rosa fremd sein würde? Wollten sie nicht sehen, wie sie hier untergekommen war? Wie ihr Leben war?

»*New York?*«, er hatte nur dies gefragt, seine anderen Gedanken für sich behalten.

Rosa hatte sanft seine Hand ergriffen: »*Ja, Gregor, so sind sie. So ist es immer gewesen. Es wird ein Luxushotel sein, darunter machen sie es nicht. Wir werden wunderschöne Zimmer haben, exklusives Essen, mit Glück ein bisschen Zeit, uns zu unterhalten. Meine Mutter und meine Schwester werden mich zum Klamotten shoppen abschleppen, mich dies und das anziehen lassen, mich kritisch beäugen und dann das kaufen, was sie für schön halten.*«

Gregor hatte geschwiegen. Es waren viele Gedanken in seinem Kopf. Vor allem: warum machst du es mit? Gefällt es dir? Du lässt dir deine Klamotten von ihnen aussuchen? Sein Blick war an Rosa heruntergeglitten, die schlanke Figur, der dunkle Teint, ihr wunderschönes Haar. Rosa war eine gutaussehende Frau, immer gepflegt, sie hatte eine Menge schicke Sachen, die sie in festen Kombinationen anzog. Enge Jeans, dunkle oder knallig bunte Oberteile, zum Teil mit glitzernden Ornamenten besetzt. Er hatte zunächst gedacht, dass sie diese mochte, weil sie sie fühlen konnte.

Sie tastete nach seiner Hand: »*Gregor, was ist?*«

Er schüttelte ein wenig den Kopf: »*Wann kommen sie?*«

»*Das Wochenende um den vierten Juli. Dann ergeben sich richtig ein paar Tage, sonst lohnt es sich kaum. Sie wollen hinterher noch weiterfliegen, Miami, Hotel, Strand.*«

»Wie lange wirst du nicht hier sein?«

»Nur das Wochenende. Danach habe ich Unterricht. Sie waren fast beleidigt, dass ich abgesagt habe. Aber sie kennen das inzwischen von mir. Mein Pflichtbewusstsein ist ihnen vollkommen fremd.«

Er gebärdete einen Lacher in ihre Hand und nahm sie kurz in den Arm. Gott, er liebte sie so.

»Viel Spaß für das Wochenende mit deiner Familie.«

Sie ließ ihre Hand über seinen Oberarm gleiten: *»Würdest du mich begleiten? Ich würde dich ihnen sehr gern vorstellen.«*

Sein Zögern hatte sie fast erwartet.

»Stell mich kurz vor, wenn sie dich abholen. Dann – euer Wochenende zu viert. Ok?«

»Sie kommen nicht nach Washington, um mich abzuholen. Sie haben Oscar ein großzügiges Angebot gemacht, damit er mich nach New York bringt. Sie spendieren ihm dort ein Wochenende, ein nettes kleines Hotel, er sollte sich im Gegenzug zum Dolmetschen zur Verfügung halten.«

Gregors Hand glitt von ihrer, als hätte er sich verbrannt. Ihre Hand fragend an seinem Arm, auch dieser entledigte er sich, er stand auf und schaffte Distanz. Er bewegte sich zum Fenster, dessen Blick, den Rosa nie genießen konnte, auf den großen Innenhof der Universität ging. Auf die Fensterbank gestützt sah er, ohne zu fokussieren, auf das muntere Treiben, die Worte, die in seiner Sprache durch die Luft flogen. Es dauerte eine Weile, bis sie ihn gefunden hatte. Sie schmiegte sich an ihn, ein auffordernder Strich über seinen Rücken, dann zwang sie ihn, sich mit ihr auf das Bett zu setzen.

»Wirst du es so machen?«

»Es ist alles schon geklärt. Sie haben mit Oscar alles telefonisch geregelt. Er hat natürlich angenommen. Beschert ihm ein kostenloses Wochenende in New York.«

Seine Finger buchstabierten langsam und nachdenklich in ihre Hand: *»Und du, Rosa? Wie fühlt es sich für dich an?«*

Er zog sie zu sich heran, wissend, dass er sie mit seiner Frage verunsichern würde. Wie konnte sie es aushalten, dass ihre Eltern sie so abhängig machten? Sie, der es immer so wichtig war, autark und selbstständig zu sein. Nahm sie es einfach so hin, wenn ihre Eltern sie so behandelten? War es ein Pflichtbesuch, den Rosa beschloss zu ertragen oder freute sie sich auf ihre Familie und hatte dieses Verhalten nie hinterfragt?

Sie ließ sich Zeit mit ihrer Antwort. Das war ungewöhnlich, eigentlich war sie schlagfertig und schnell, diesmal dachte sie nach. Schließlich begann sie mit einem Seufzer ihr Buchstabieren: *»Du hast schon recht, zu fragen, Gregor. Ich habe das immer so hingenommen. Ja, es nervt mich. Sie machen mich abhängig. Sie kaufen mir einen Dolmetscher von ihrem Geld, anstatt zu versuchen, direkt mit mir zu reden. Sie kleiden mich ein wie eine Puppe. Ich habe nie dagegen aufbegehrt, natürlich wissen sie besser als ich, was man am besten anzieht, was gut aussieht. Ob es sich gut anfühlt, ist weniger wichtig. Niemand sollte meine Blindheit sehen, an der Art, wie ich mich kleide. Ich kann nichts über Farbkombinationen wissen. Sie haben mir in vielerlei Hinsicht geholfen, den Schein zu wahren. Möglichst wenig behindert zu wirken. Ich habe mich im Stillen von ihnen entfernt und sie machen lassen. Ich wollte keinen Streit. Ich brauche sie. Sie sind meine Familie.«*

So viele Worte. Seine Antwort war kurz: »*Schon okay.*«

»*Kommst du mit an dem Wochenende, Gregor? Begleitest du mich, statt Oscar?*«

»*Und ich ziehe in das Hotel von ihm?*«

»*Natürlich nicht. Du weißt, dass ich Schwierigkeiten haben werde in einem fremden Zimmer. Ich würde es sonst mit meiner Schwester teilen, aber das bekommen wir schon geregelt. Ich würde dich sehr gern bei mir haben. Ich habe längst von dir erzählt, sie sind ohnehin neugierig auf dich. Für mich wäre es ein ganz anderes Gefühl, mit dir zu reisen als mit Oscar. Ich will nicht diese Abhängigkeit.*«

»*Ich kann nicht dolmetschen.*«

Sie grinste: »*Das macht gar nichts. Dann lernen sie endlich, mir wieder direkt zuzuhören. Ich nehme mein Handy und meine Braille-Zeile mit und demonstriere ihnen, dass ich sie auch ohne einen Dolmetscher verstehe.*«

»*Rosa, ich weiß nicht…*«

»*Bitte, Gregor! Ich könnte endlich den Beweis antreten, dass ich mein Leben allein meistern kann. Und ich würde mich sehr freuen, wenn ihr euch kennenlernt.*«

Er lehnte sich auf dem Bett zurück und gab nach. Er hatte ein mulmiges Gefühl dabei, aber er konnte es Rosa nicht abschlagen.

Mittwoch

Alexander klingelte. Er hatte seinen Bruder seit vier Wochen nicht in natura gesehen, immer nur über das Handy. Heute hatte er versprochen, vor seinem Dienst kurz vorbeizukommen, um die Abstriche von Gregor, Mia und Leo entgegenzunehmen und ins Labor zu bringen. Es war noch früh, aber das Licht im Küchenfenster zeigte an, dass sie schon wach waren. Statt seines Bruders öffnete ein viel kleinerer Mensch die Tür.

Er beugte sich nieder: »*Hallo, Mia. Na, schon ausgeschlafen? Euch nervt die Quarantäne sicher inzwischen, oder? Freust du dich wieder auf den Kindergarten? Ich komme, um die Abstriche zu holen. Hat Papa sie schon gemacht?*«

Mia bejahte, hinter ihr tauchte Gregor auf, groß und er wirkte noch dünner als sonst. Er sah müde aus, völlig fertig, als würde er kaum schlafen. Trotz der frühen Uhrzeit und der Quarantäne, war er frisch geduscht und ordentlich gekleidet. Gregor hielt Abstand und reichte die Abstriche seinem Bruder.

»*Danke, dass du das machst, Alexander.*«

»*Zum Abstrich hättest du ja so nicht gehen können, mit Mia und Leo an der Backe.*«

Gregor schüttelte den Kopf, nebenher buchstabierte er Leo, der auf seinem Arm hing, in die Hand, dass Alexander da sei. Parallel war Alexander schon selbst dabei, Leo zu begrüßen. Er langte über Mias Kopf hinweg und strich über dessen Rücken, auch er war es als gehörloser Mann nicht wirklich gewohnt, akustisch auf sich aufmerksam zu machen, aber er sprach gut genug, dass Leo ihn problemlos verstehen konnte: »Hi Leo. Na, geht es dir wieder besser? Der Kindergarten wartet sicher schon auf dich.«

Leo drehte sich auf Gregors Arm abrupt der Stimme entgegen und lachte: »Ja, bestimmt. Morgen wieder, oder?«

»Wenn der Abstrich okay ist.«

»Das, was Papa eben gemacht hat? In der Nase?«

»Ja, das ist ein Abstrich.«

Leo hampelte vor Freude auf Gregors Arm herum: »Ich darf wieder in den Kindergarten, morgen darf ich wieder in den Kindergarten!«

Alexander lachte: »Mach langsam, Leo. Sonst stürzt du noch ab und dann geht es auch nicht in den Kindergarten.«

Alexanders Hände waren belegt mit den Abstrichen und dem Autoschlüssel, auch er musste sich konzentrieren, um Leo zu verstehen, er vergaß nebenher zu übersetzen. Mia und Gregor blieben ausgeschlossen von der Unterhaltung. Gregor zog die Stirn kraus und strich Leo beruhigend über den Kopf. Mia nutzte die Zeit, um ihren Onkel anzusprechen: *»Mama ist im Krankenhaus.«*

Alexander wechselte einen Blick mit Gregor und kniete nieder, um mit Mia auf einer Höhe zu sein: »*Ich weiß*«, und an seinen Bruder gewandt, *»wie geht es ihr? Hast du was gehört?«*

»Zuletzt gestern. Mäßig.«

»Gregor, wenn du magst, gehe ich dort heute vorbei und hake nach. Mein Arztkittel und der Ausweis werden das möglich machen. Ach, und Mama hat erzählt, dass Rosa ihre Braille-Zeile vergessen hat. Ich könnte sie mitnehmen und gleich vorbeibringen. Dann könnt ihr wenigstens telefonieren.«

Gregor durchfuhr es. Offenbar redete die ganze Familie im Hintergrund über Rosa und ihn, ohne dass er davon wissen sollte. Sie sorgten sich. Schweigend stellte er Leo zu Mia und begab sich ins Wohnzimmer. Sein Blick verharrte für einen Moment auf dem Hilfsmittel, das es Rosa über all die Jahre ermöglicht hatte, Kontakt zu halten, zu ihren hörenden Freundinnen und ihrer Familie. Rosa und Gregor hatten es untereinander kaum eingesetzt. Er schrieb nicht gern, kommunizierte sehr viel lieber direkt. Er zog den Stecker, entkoppelte das Ladekabel und legte es zu einem ordentlichen Ring zusammen, dann verbrachte er das Gerät und das Ladekabel in die blaue Plastik-Tasche. Es war so klein, dass es mobil einsetzbar war. Rosa hatte es in der Universität oder auch hier, wenn sie unterwegs war, in der Tasche um den Hals getragen und konnte es zücken, wenn sie es brauchte. Warum hatte Rosa nicht darum gebeten? Sie hielt sich nie zurück. Hatte sie wirklich keine Gelegenheit gehabt, wie seine Mutter vermutete? Rosa schaffte sich eigentlich immer die Gelegenheiten, die sie brauchte. Dass sie nicht danach gefragt hatte, ließ ihn fürchten, dass es ihr wirklich schlecht ging. Sie hatte schon hier so schwer Luft bekommen, dass sie sich kaum mehr hatte konzentrieren konnte… Trotzdem, irgendwie hatten sie recht, seine Mutter und sein Bruder, den Versuch sollte es wert sein. Er hatte nur eine unendliche Angst, dass sie es nicht nutzen könnten, weil es ihr zu schlecht ging. Die Nicht-Nutzbarkeit könnte beweisen, wie krank sie wirklich war.

Er ging zu seinen Kindern und seinem Bruder zurück und händigte ihm das Gerät aus.

»*Steht ihr Name drauf?*«

»*Ja, da hinten. In Braille und in der Schrift für alle anderen.*«

Alexander grinste und warf einen Blick auf seine Uhr: »*Oh, Mann, schon so spät. Ich muss wirklich los. Ich bringe das bei Rosa vorbei und ziehe gleich mal Erkundigungen ein. Und du, meldest du dich auf jeden Fall mit euren Abstrich-Ergebnissen?*«

Gregor nickte, hockte sich hinunter zu seinen Kindern und umschloss sie. Er sah seinem Bruder nach, der sich schnellen Schrittes zu seinem Auto aufmachte.

Eine halbe Stunde später hatte Alexander die Abstrich-Röhrchen im Labor abgegeben. Er stand vor der automatischen Milchglas-Doppeltür der Intensivstation und versuchte, auszumachen, ob sich da drinnen etwas bewegte. Er hatte geklingelt. Die Gegensprechanlage war für ihn nutzlos, trotz seiner Cochlea Implantate blieb es für ihn unmöglich, rein akustisch zu verstehen. Er wartete wippend vielleicht zwei Minuten, die ihm wie eine Ewigkeit vorkamen, bevor er sich entschloss, erneut zu klingeln. Dies fruchtete, die Flügeltüren schwangen auf, dahinter kam eine Pflegekraft zum Vorschein, gestresst, ihr Mundschutz bewegte sich, ihm fehlte das Lippenbild, um etwas zu verstehen. Seit Monaten stressten ihn die Mundbedeckungen der anderen. Er fühlte sich fast tauber als damals vor seiner CI Implantation.

Alexander redete einfach drauflos: »Bei Ihnen liegt doch Rosa Treppin, oder? Eine taub-blinde Frau?«, ihn selbst ärgerte es, wenn er auf seine Behinderung reduziert wurde, aber hier wäre es das herausstechende Merkmal, »ich wollte mich kurz erkundigen, wie es ihr geht.«

Die Pflegekraft zog die Stirn kraus, sie würde sich an seinem immer noch ungewöhnlichen Sprechen stören. Manchmal nervte es alles so. Er musterte sie. Ob sie ihn verstanden hatte? Er zog seinen Block hervor und wiederholte seine Worte schriftlich, mit der Ergänzung, dass er sie durch den Mundschutz nicht verstehen könne. Auch sie schrieb.

Ja, sie liegt hier. Sind Sie der Ehemann?

Kurz erwog Alexander die Lüge. Sie sahen gleich aus, waren in vielerlei Hinsicht leicht zu verwechseln. Wenn er sich als ihr Ehemann ausgeben würde, käme er zu Informationen. Ein Grinsen schlich sich auf sein Gesicht, aber kurz bevor er erneut ansetzte zu sprechen, verwarf er die Idee: »Nein, sein Bruder. Mein Bruder ist noch in Quarantäne. Er ist taub. Er würde sich freuen, wenn ich ihm Informationen weitergeben könnte.«

Ihr vollkommen irritierter Blick, aber sie schien ihn zu verstehen und zog kurz den Mundschutz herunter, es ließ ihn ihr Sprechen relativ problemlos verstehen: »Taub? Wie Sie?«

Alexander lächelte, er war nicht ganz so taub wie Gregor, nicht mehr, aber er beließ es bei einem Ja. Auch er entledigte sich seines Mundschutzes und fügte hinzu: »Aber nicht in Quarantäne, also könnten Sie mir kurz sagen, wie es ihr geht?«

»Nein, tut mir leid. Nur direkte Angehörige.«

»Aber er kann nicht anrufen.«

»Das kann ich nicht ändern.«

Verärgert zog Alexander seinen Rucksack herum. Er hätte sich doch erst umziehen sollen, als Arzt würden sie ihn nicht so abblitzen lassen. Er zerrte sein Namensschild hervor, das ihn als Arzt des Klinikums auswies. Sie betrachtete es.

»Ach, Sie sind Kollege. Sagen Sie es doch gleich. Es geht ihr einigermaßen. Sie können ja im System ihre Werte einsehen.«

»Sie ist wach? Nicht intubiert?«

»Ja, im Moment noch.«

Alexander seufzte und zog die Tasche mit der Braille-Zeile aus dem Rucksack: »Könnten Sie das bitte Frau Treppin geben? Damit kann sie telefonieren. Außerdem hilft es Ihnen in der Kommunikation mit ihr, sie können sprechen. Das Handy überträgt die Worte in Braille und sie kann ihnen folgen.«

Mit einem komischen Blick nahm die Schwester das Gerät an.

Für Rosa sollte der Tag mit unerwarteten Einschränkungen beginnen. Zunächst war es nicht Louise, sondern eine andere Schwester, die an ihr Bett kam. Sie forderte ihren Namen ein, Bettina, in unsicheren Buchstaben in ihrer Hand. Rosa war so müde, dass sie Bettina klaglos an sich herumwerkeln ließ, passiv lag sie im Bett und unternahm heute von ihrer Seite aus kaum den Versuch einer Kommunikation. Bettina hatte sie flüchtig, ein wenig unkonzentriert und mechanisch gewaschen, keine Creme, aber ein sauberes Flügelhemd. Zusammen mit einer zweiten

Schwester war sie im Bett hin und her gedreht worden, damit sie die Laken wechseln konnten. Frische Bettwäsche, eine herrliche Vorstellung. Sie schnupperte skeptisch an dem High-Flow vorbei. Es roch nicht nach frischer Wäsche, wenn sie genauer darüber nachdachte, hatte es heute Morgen auch keinen Geruch nach einem Desinfektionsmittel gegeben, der ihr die Menschen hier sonst ankündigte. Ihr schwante etwas, es machte ihr Angst, trotzdem bat sie, nach Beendigung des Waschgangs, ob man ihr ihre Waschtasche reichen könne. Nervös suchte sie mit der einen geschwollenen Hand darin herum. Anders als Louise hatten sie ihr die Hand mit der liegenden Arterie nicht einmal für einen Moment losgebunden. Ihr Parfüm, sie ertastete die Form der Flasche.

»Können Sie nicht wenigstens mal kurz meine Hand losmachen? Ich bin vorsichtig. Ich weiß, dass da ein wichtiger Zugang liegt.«

Sie stöhnte vor Erleichterung, als ihre Hand gelöst wurde. Sie öffnete den Flakon mit dem teuren Parfüm und sprühte sich einen Hub auf die Innenseite ihres linken Handgelenks. Sie führte die Hand langsam Richtung Gesicht, nichts. Der High-Flow, die ganze Luft machte ihre Nase so trocken. Sie versuchte ihn heraus zu fummeln, und wurde von Bettina daran gehindert.

»Bettina, nur ganz kurz. Machen Sie ihn mir ab? Nur eine halbe Minute.«

Ihre Worte wirkten. Bettina war nicht wie Louise, aber vielleicht war sie doch ganz okay. Rosa hielt das Handgelenk ganz dicht an ihre Nase und roch – nichts. Ihr traten die Tränen in die Augen. Sie hatte davon gehört, dass das Virus vielen den Geruchs- und Geschmackssinn nahm. Würde irgendjemand eine Vorstellung davon haben, wie sehr das einen taubblinden Menschen traf? Entmutigt ließ sie sich den High-Flow wieder anbauen und die Hand festbinden.

Sie wollte es noch nicht ganz glauben, die Hoffnung noch nicht aufgeben: »Bringen Sie mir Frühstück, Bettina? Einen Kaffee?«

Rosa war fast eingeschlafen, bis Bettina endlich mit dem Frühstück kam. Sie führte ihre Hand zu dem Becher und malte ein K darein. Kaffee.
»Mit Milch und Zucker?«
»Ja.«
Rosa führte den Becher an die Lippen und nahm einen Schluck. Nichts, kein Geruch nach Kaffee, nach dem sie fast süchtig war, kein Geschmack, sie spürte nur die flüssige Konsistenz und die Wärme. Frustriert stellte sie den Becher ab.
»Danke, Bettina, ich habe doch keinen Hunger. Sie haben sicher noch andere Patienten? Gehen Sie gleich?«
Ein ja, dann fühlte es sich an, als wäre sie allein. Rosa drehte sich mühsam etwas auf die Seite und weinte. Zwei weitere Sinne schienen verloren, ihr blieb nur noch der eine.

Später, als ihre Tränen wieder getrocknet waren, spürte sie Bettina erneut an ihrem Bett. Sie löste vorsichtig die Fessel an ihrer rechten Hand und reichte ihr eine Tasche. Rosas erfahrene Hände glitten darüber. Ungläubig erspürte sie die Braille-Zeichen ihres Namens. Ihre Braille-Zeile? Wer konnte sie gebracht haben? War Gregor nicht noch in Quarantäne?
»Bettina, welcher Wochentag ist heute? Malen sie einfach die ersten zwei Buchstaben.«

»Mi.«

Mittwoch, Gregor und die Kinder mussten noch in Quarantäne sein, bis morgen noch. Sie überschlug, sie war nun schon den vierten Tag hier. Da sie keine Uhr hatte und der Tag keine für sie erkennbare Struktur, war es schwierig, die Orientierung zu behalten. Lächelnd fuhr Rosa über den wohl bekannten Stoff, dann öffnete sie die Tasche und zog das Gerät heraus. Es musste aufgeladen sein. Es hatte zu Hause auf der Fensterbank gelegen.

»Bettina, wer war denn hier? Wer hat es gebracht? Nicht mein Mann, oder?«

»Nein.«

»Wer?«

Mühsame Buchstaben.

»Bruder.«

»Alexander, mein Schwager. Er ist der Zwillingsbruder meines Mannes. Wie nett. Was für eine schöne Idee, die Braille-Zeile vorbeizubringen. Können Sie mir mein Handy geben?«

Es dauerte einen Moment, bis das eckige Gerät in ihrer Handfläche landete. Rosa schaltete es ein, ebenso die Braille-Zeile, sie würden sich automatisch via Blue Tooth verbinden.

Bettina sah, wie sie an ihrem Handy herumfummelte und diesem mündlich auf Spanisch einige Befehle gab.

»Bettina, sagen Sie etwas? Das Gerät überträgt es mir in Braille, so können wir miteinander sprechen.«

»Ich habe kaum Zeit, muss weiter zu anderen Patienten.«

Bettina beobachtete, wie die Hände von Rosa versiert rasch über die Buchstaben strichen. Dann ihre mündliche Antwort: »Alles gut. Dann gucken Sie nach den anderen

Patienten. Ich bin versorgt. Könnten Sie meine Hand freilassen?«

Die Antwort ließ etwas auf sich warten: »Ja, okay. Nachher komme ich wieder.«

»Danke, Bettina.«

Rosa zog die Beine etwas an, damit das Gerät besser in ihrem Schoß lag. Ihre Braille-Zeichen. Sie liebte sie. Als blindes Kind hatte sie so die Welt erobert, als sie Braille lesen konnte, hatten sie begonnen, alles in Braille zu beschriften, die Namen auf den Dingen machten das Erkennen schneller. Sie hatten auch für Leo schon Spielzeug angeschafft, mit dem sie ihn spielerisch an die Zeichen heranführen konnten. Als sie ertaubte, waren das Handy mit der Braille-Übersetzung ihre einzige Möglichkeit geworden, mit den meisten Menschen in Kontakt zu kommen. Die Menschen, mit denen sie taktil direkt kommunizieren konnte, wie mit Gregor, waren über all die Jahre nur vereinzelte gewesen.

Sie fuhr mit der linken Hand über ihre rechte, beide waren angeschwollen, so wie sich auch ihre Beine schwer anfühlten. Sie glitt über die Buchstaben auf der Braille-Zeile, sie waren verschwommen, nicht so klar wie sonst, aber es ging einigermaßen. Sie scrollte, suchte den wichtigsten Kontakt und begann zu tippen. Nicht so schnell und flüssig wie sonst.

Hallo Gregor.

Sie betete, dass er sein Handy bei sich trug. Er vergaß es häufig, wenn sie alle zu Hause waren und guckte nur frustrierend selten auf seine Nachrichten.

Sie lächelte erleichtert, als er sich sofort meldete.

Hallo Rosa.

Wie konnten wir nur die Braille-Zeile vergessen? Es muss sehr hektisch gewesen sein, ich war so fertig.

Wie geht es dir jetzt?

Rosa sann einen Moment darüber nach, ob sie ehrlich sein sollte.

Du hast Kontakt mit einem der Ärzte, oder?

Ja, Dr. Rosen. Er kommt heute Abend wieder.

Was sagen sie über mich?

Gregor gab es einen Stich. Sie lag da und wusste nicht, was über sie gesprochen wurde, wie ihre Befunde waren.

Die Lunge, nicht gut. Die Nieren funktionieren nicht richtig.

Ja, meine Hände und Füße sind ganz dick, macht Braille schwierig. Noch etwas, heute Morgen: kein Geruch, kein Geschmack.

Gregor durchzuckte es, er wusste, dass das Virus dies verursachte. Für Rosa musste es unerträglich sein. Rosa schrieb in kurzen Sätzen. Es war ungewohnt, nicht ihr sonstiger manchmal fast blumiger Stil. Es musste ihr sehr schlecht gehen, wenn sie die ihr so wichtige Sprache begann zu verstümmeln. Trotzdem, sie konnten sich erreichen. Welch ein Segen. Warum nur hatte er die verdammte Zeile nicht früher zu ihr geschafft?

Rosa, das tut mir leid. – Es ist schön, dass du dich meldest.

Gregor, ich vermisse euch. Ich liege hier ans Bett gefesselt. Wie geht es Leo und Mia?

Sie sind ok. Verunsichert, weil du nicht da bist.

Könntest du sie holen? Ihnen zeigen, dass wir telefonieren? Dass es mich noch gibt?

Warte...

Gregor stolperte ins Kinderzimmer, er winkte Mia zu und setzte sich zu Leo: *»Die Mama ist am Telefon!«*

Mias strahlende Augen, Gregor führte Leos kleine Hände zu dem Handy.

Sie sind da, Rosa. Ihre Augen leuchten.

Er wusste, dass das so ein sehender Begriff war, der ihr nicht viel sagen würde, fand aber in der freudigen Erregung keine besseren Worte.

Warte, Gregor, für Leo rufe ich jetzt an, okay? Gib uns ein paar Minuten, danach melde ich mich bei Mia und dir.
Okay.

Sein Handy vibrierte, ihre Nummer, kein Bild, nur der Ton, den Leo begierig aufsaugte. Er plapperte Antworten, die Rosa nicht erreichten, dann wurde er ganz still und lauschte. Nach einer Weile drückte er seinem Vater das Handy in die Hand und zupfte an seinem Ärmel:

»Mama klingt komisch.«

Irritiert zog Gregor die Augenbrauen hoch: *»Wie?«*

»Sie muss immer ganz doll Luft holen.«

Gregor zog Leo näher zu sich heran: *»Trotzdem ok?«*

»Ja, schön«, antworteten die kleinen Hände.

Mia hampelte ungeduldig herum: *»Papa, ich möchte auch mit Mama telefonieren. Rufst du sie nochmal an?«*

Für Mia übersetzte er die Worte, die auf seinem Display erschienen. Er ließ den beiden etwas Zeit für einen Austausch. Irgendwann stellte Mia die Frage: *»Mama, kann ich dich sehen? Kannst du die Kamera einschalten?«*

Es wurde still am anderen Ende der Leitung. Dann kamen ihre Worte: *Gregor, erstmal nur für dich. Ich glaube, das mit dem Film ist keine gute Idee. Weiß nicht, wie ich aussehe. Vielleicht würde Mia sich erschrecken.*

Ok. Ich sage, es geht nicht.

Er übersetzte, Mia schmollte.

Rosa, sie mag nicht mehr. Das gibt uns noch einen Moment. Wie behandeln sie dich?

Alles okay. Ich beiße mich schon durch und dirigiere sie. Du kennst mich doch.

Ihre Worte ließen ihn schmunzeln.

Ja, ich weiß, Rosa. Halte durch. Ich liebe dich.

Ich liebe dich auch. Über alles. Jetzt brauche ich eine Pause.

Müde und glücklich streckte sie die Beine aus und ließ beide Geräte einfach auf ihren Beinen liegen. Das war untypisch für sie. Sie sorgte immer für Ordnung, sonst war sie schnell verloren, aber sie war völlig ausgelaugt nach der Unterhaltung. Sie hatte sie erreicht, Gregor, Mia und Leo. Glücklich schlief sie ein. Dass der Sättigungsalarm ertönte, nahm sie nicht wahr.

Den Kindern hatte das Telefonat gutgetan, besonders Leo wirkte ganz aufgeräumt. Gregor kam eine Idee, er lotste die beiden in die Küche.

»Komm, Mia, wir backen Kekse für Mama.«

Zu Leo sagte er nichts. Er würde schon verstehen. Während Leo abwartend am Tisch saß, suchte Gregor mit Mia die Zutaten zusammen und sie bauten alles auf dem Tisch auf. Er ließ Mia abwiegen, das Mehl, den Zucker, die Butter. Die Eier schlug er selbst auf. Als es ans Kneten ging, gab er jedem Kind eine Kugel. Er beugte sich über Leo und gemeinsam bearbeiteten sie den Teig. Er bedeutete Leo, die Kugel auf dem Tisch zu lassen, sie drückten sie gemeinsam platt und walzten sie schließlich zusammen aus. Leos Hände erkundeten immer wieder, wie der Teig seine Form änderte. Schließlich drückte Gregor mit ihm zusammen den ersten Stern aus.

Mia wedelte vor seinem Gesicht herum: »*Papa, darf ich Tannenbäume ausstechen?*«

Gregor lächelte sie an und reichte ihr die Ausstechform.

»*Warte, lass uns erst den Teig noch etwas besser kneten und ihn nochmal ausrollen*«, damit ging er auch seiner Tochter zur Hand. Schließlich standen und saßen sie alle um den Küchentisch. Leo stanzte seine Sterne, Gregor half ihm, sie vorsichtig von dem restlichen Teig zu lösen und verfrachtete sie auf das Backblech. Mia war rotbackig und konzentriert über ihrer Arbeit und fabrizierte einen Tannenbaum nach dem anderen. Gregors Blick fiel in die Schüssel mit den Ausstechförmchen. Schließlich griff er zu einem Herz und machte sich auch ans Ausstechen. Sie produzierten zwei Backbleche voller Kekse, die in kurzer Zeit im Backofen bräunten, Mia hing beobachtend die ganze Zeit davor, bis sie fertig waren.

»*Papa, sind die alle für Mama oder behalten wir auch ein paar für uns? Es sind ziemlich viele.*«

»*Ein Blech für Mama und eins für uns?*«

»*Ja, wo willst du die Kekse reintun?*«

Gregor öffnete einen der Oberschränke, ganz oben hinter den Schüsseln verbargen sich die Keksdosen. Er nahm eine Backstein-förmige, braune, mit Sternen verzierte und hielt sie Mia fragend unter die Nase.

»*Ja, die ist schön.*«

»Die Kekse müssen erst abkühlen. Wir packen sie morgen früh in die Dose.«

»Und dann fährst du zu Mama und bringst sie ihr?«

Gregor nickte unbestimmt. Wie sollte seine fünfjährige Tochter verstehen, dass er nicht zu ihr durfte. Und erstmal müssten die Tests negativ sein. Immer wieder hatte er sein Handy konsultiert, fiebernd wartete er auf das Ergebnis.

Über der Keksback-Aktion und das Aufräumen der Küche war der Nachmittag dahingezogen. Abends hatte er den Kindern nochmal einen Film eingestellt. Er setzte sich mit ihnen auf das Sofa, als endlich die ersehnte Nachricht kam. Alle drei Abstriche waren negativ. Er atmete auf. Endlich vorbei, die elende Quarantäne. Wenigstens etwas. So könnten sie zumindest beginnen, in ihr normales Leben wieder einzutauchen, und Leo und Mia bekämen noch einmal die Chance in ihre Kindergärten zu gehen. Aus den Nachrichten las er heraus, dass sie auch diese demnächst schließen müssten. Er hielt dies für überfällig, trotzdem würde er seine eigenen Kinder morgen in ihre Einrichtungen bringen, Sophias Angebot für das Abholen annehmen und selbst endlich wieder einen Tag im Labor verbringen. Während die Kinder der Sendung zuschauten oder ihr lauschten, verschickte er einige SMS, um seine Familie und das Labor zu informieren und den morgigen Tag zu organisieren. Er schrieb noch nicht an Rosa. Er würde es nachher versuchen, wenn die Kinder schliefen.

Seine Schwester, Sophia, kam am späten Abend kurz vorbei, um die Kindersitze abzuholen.

Gregor öffnete die Haustür weit, endlich durfte er wieder jemanden in seiner Wohnung willkommen heißen.

»Hallo, Gregor.«

Er umarmte sie, legte dann sanft seine Hand auf ihren schwangeren Bauch: *»Spürst du sie schon?«*

»Nein, 23. Woche, noch ein bisschen früh. Es sind eben zwei, deshalb sehe ich aus wie kurz vor der Niederkunft.«

»Komm rein, Sophia. Hast du einen Moment?«

Er nahm ihr die Jacke ab und führte sie ins Wohnzimmer. Staunend betrachtete sie die peinliche Ordnung. Sie waren vier Wochen hier eingesperrt gewesen mit zwei kleinen Kindern, aber alles war blitzsauber, nichts lag herum. Gregor folgte ihrem Blick.

»Du weißt, dass für Rosa Unordnung nicht geht. Wir halten uns alle daran. Auch für Leo ist es gut.«

Sophia nickte. Sie war auch so ein stiller Mensch, wie er selbst.

»Wie geht es dir? Bist du sicher mit dem Abhol- und Betreuungsangebot?«

»Es geht mir bestens, Gregor. Eine Schwangerschaft ist keine Krankheit. Aber, sag mal, wie geht es Rosa? Was hast du gehört?«

Er berichtete, was Alexander ihm erzählt hatte. Von den knappen Auskünften der Schwester. Er hatte sich am Vormittag gemeldet und nachgefragt, ob er in die klinischen Daten von Rosa gucken solle. Er habe das nicht ohne seine Zustimmung machen wollen. Gregors rasche Antwort, ja, sicher. Dann hatte er fiebernd gewartet, dass Alexander sich erneut meldete. Er hatte das Zögern in Alexanders Worten gespürt. Es passte nicht zu seinem Bruder, der immer offen und ehrlich war. Er hatte sich herumgewunden.

»Sophia, ich weiß nicht genau. Alexander klang... verhalten. Aber«, Sophia sah ein strahlendes Lächeln im

Gesicht ihres Bruders auftauchen, »*wir haben heute telefoniert.*«

Sophia griff nach seiner Hand und drückte sie: »*Gregor, wir sind alle in Gedanken die ganze Zeit bei euch. Du weißt das, oder?*«

Gregor nickte und stieß langsam die Luft aus: »*Ich weiß. Ich wünschte, dass ihr das nicht sein müsstet.*«

Eindringlich sah Sophia ihn an: »*Gregor, sie wird sich da durchkämpfen. Sie ist so unglaublich stark. Sie wird es schaffen.*«

Gregors Erwiderung war nur ein stummer Blick.

Noch später saß er an seinem Schreibtisch und bearbeitete das weiche Blech des Keksdosen-Deckels. Er hatte den Tisch mit Stapeln von Zeitungspapier belegt und sich dann ein Stichinstrument genommen. Mit sicherer Hand drückte er von innen in einzelnen Punkten, links den Umriss eines Sterns, in die Mitte den eines Herzens und schließlich rechts den eines Tannenbaums in das weiche Blech. Er hatte den Tannenbaum beendet und drehte den Deckel um, die Augen geschlossen, glitten seine Finger über die Gravur. Er lächelte still vor sich hin. In dem Moment summte sein Handy. Rosa? Mit klopfendem Herzen holte er es hervor.

Die Nummer von Rosen. Gregor seufzte und las.
Herr Treppin, sind Sie noch wach?
Ja.
Ich hatte versprochen, mich zu melden. Keinen Schreck bekommen.
Ok. Wie geht es Rosa?
Sie haben heute telefoniert, hat Rosa mir erzählt.

Ja. Wie geht es ihr?

Es entstand eine Pause am anderen Ende.

Nicht so gut. Ich bin nicht sicher, wie lange wir die Beatmung noch hinauszögern können. Und die Dialyse. Wir haben noch ein Medikament zur Immunmodulation dazu genommen. Sie braucht hohe Dosen an Diuretika. Verstehen Sie das, wenn ich es so schreibe?

Ja.

Heute Nachmittag hatte sie eine schlechte Phase.

Wann?

So um 15h.

Gregor ließ das Handy sinken. Kurz nach ihrem Telefonat. Es musste sie unglaublich angestrengt haben. Sein Gefühl hatte ihn nicht getrogen. In ihren Worten war Rosa nicht so gewesen, wie er sie kannte.

Und jetzt?

Es ist etwas besser. Wir haben sie wieder stabilisieren können. Falls wir sie doch intubieren müssen...

Ja?

Sollen wir das tun?

Ja.

Das hat sie zu uns neulich auch gesagt, wir sollen für sie genauso kämpfen, wie für alle anderen Mütter mit kleinen Kindern. Sogar mein Oberarzt war beeindruckt. Wenn es so weit kommt, sage ich ihr, dass sie schlafen muss, dass sie sich ausruhen kann, während wir ihr helfen. Okay?

Ja.

Herr Treppin, ich weiß nicht, ob sie es nochmal schafft, mit ihnen zu telefonieren. Es ist gut, dass Sie das heute Nachmittag gemacht haben. Wir passen gut auf Ihre Frau auf. Versprochen.

Gregor konnte keine Antwort mehr geben. Weinend legte er das Handy zur Seite. Sein ungutes Gefühl am Nachmittag hatte ihn nicht getrogen. Rosa hatte alle Kraft für dieses Telefonat aufbringen müssen. Er betete, dass es nicht komplett ihre Reserven aufgebraucht hatte. Er ließ die Tränen einen Moment zu, ging schließlich ins Bad, um sich frisch zu machen und holte auf dem Rückweg ihren Braille-Schreiber aus dem Schränkchen auf dem Flur. Sonst beschrifteten sie Dinge im Haushalt damit. Diesmal tippte er andere Worte. Er klebte ein kleines Leo in den Stern, Mias drei Buchstaben in den Tannenbaum, für sich selbst hinterließ er ein G in dem Herz. Darüber eine Zeile aus vier Worten: *Rosa, wir lieben dich.*

Donnerstag

Gregor hatte erst Mia mit dem Fahrrad zu ihrem Kindergarten gebracht, dieser war nicht weit entfernt. Danach weiter zum Bahnhof, dort hatte er Leo aus dem Anhänger befreit, ihn an die Hand genommen und gemeinsam waren sie in die Bahn gestiegen, einmal Umsteigen an der Sternschanze, dort nahm er Leo schnell auf dem Arm, es schien ihm sicherer. In der U3 setzte er sich mit dem Kleinen auf dem Schoß hin und sie fuhren bis zum Borgweg. Ihren Wohnort hatten sie in der Nähe seiner alten Gehörlosenschule und dem Kindergarten gefunden, als nach Mias Geburt klar geworden war, dass auch sie nicht hörte. Das Blindeninstitut mit allem, was dazu gehörte, war in der Nähe der Klinik, es war gar nicht so unpraktisch und Leo gewöhnte sich so früh ans Bahnfahren, er würde es ein Leben lang als Transportmittel benötigen, wenn er sich selbstständig bewegen wollte. Leo war still auf seinem Schoß, Gregor legte den schmerzenden Kopf zurück und schloss kurz die Augen. Er schloss die Welt aus, die normal weiterlief, obwohl seine Frau schwerkrank im Krankenhaus lag und um ihr Überleben kämpfte. Es war alles so unsinnig. Er gestattete sich nur einen Moment der Dunkelheit und Abgeschiedenheit, er durfte den Ausstieg nicht verpassen.

Auf dem Bahnhof nahm er Leo wieder an die Hand. Er blieb kurz stehen, zog die Kinderversion eines Langstocks aus seinem Rucksack und gab ihn in Leos offen wartende Hände. Es war ihre Routine. Leo sollte den Weg kennenlernen, er musste ihn selbst laufen, um an Orientierung zu gewinnen.

Während er in Mias Kindergarten kurz die Anwesenden gescannt hatte und dann auf Petra, die einzige gehörlose Erzieherin zugegangen war, um sie zu informieren, in seiner Sprache, dass ihre Quarantäne beendet, die Tests negativ und dass Rosa in der Klinik sei und Mia vielleicht etwas durcheinander, war dies ungleich schwieriger im Kindergarten von Leo, wo ihn niemand verstand. Er hatte noch zu Hause einen Zettel vorbereitet, um gerüstet zu sein. Er hasste diese Schreiberei, aber es half nichts.

Sie kamen an, er schälte Leo aus seiner Jacke und ließ ihn vorlaufen zu seinem Raum. Leo kannte sich hier aus, die Ausstattung war auf seine Bedürfnisse abgestimmt. Sie betraten das übersichtliche, ordentliche Zimmer und sofort kam eine der Erzieherinnen auf sie zu. Sie trug keine Maske, so dass er sah, wie sie munter auf Leo einredete, der irgendwas antwortete, dass sie stocken und seinen Blick suchen ließ. Er musterte sie und reichte ihr einfach den vorbereiteten Zettel.

Leo ist wieder gesund. Sein Abstrich von gestern ist negativ. Aber meine Frau ist seit Samstagabend in der Klinik.

Sie las, das Erschrecken in ihrem Gesicht.
»Mit einer Corona-Infektion?«
Er nickte.

»Das gibt es doch nicht…«, es folgten ein paar weitere Worte, die er nicht verstand, dann wieder deutlicher, »auf jeden Fall gute Besserung.«

Wieder nur sein Nicken.

»Kommen Sie heute Nachmittag zum Abholen?«

Er zückte seinen Block: *Nein, meine Schwester. Sophia Weller.*

Er zog sein Handy hervor und zeigte der Erzieherin ein Foto.

»Ja, okay. Leo weiß Bescheid?«

Gregor sah sie kurz verwirrt an. Er war sich nicht sicher. Hatte er es mit Leo besprochen? Würde er ihn verstanden haben? Zur Sicherheit schrieb er nochmal: *Können Sie es ihm sagen, bitte?*

Sie nickte, beugte sich zu Leo herunter und redete mit ihm. Leo drehte sich schließlich zu ihm um, er sprach ganz deutlich: »Papa, du kannst jetzt gehen. Heute Nachmittag kommt Sophia und holt mich ab.«

Gregor hatte genickt und ihm zum Abschied über den Kopf gestrichen. Für fast alle Menschen war es leichter mit seinem Sohn zu reden als für ihn selbst.

Er fuhr zwei Stationen mit der Bahn zurück, langsam nahm er die Treppe, die vom Bahnsteig herunterführte und wandte sich nach links. Er streifte gedankenverloren durch die Straßen Eppendorfs. Es brachte ihn näher zu Rosa. Sie lag dort allein, umringt von Apparaten und von Menschen, die sie kaum verstand. Er sehnte sich so nach ihr. Er wollte sie bei sich haben, sie neben sich spüren, ihren Kopf an seiner Schulter, ihre Hand in seiner, mit all den Worten, die sie immer für ihn gehabt hatte. Er wollte sie umarmen und vor der Welt schützen. Er sehnte sich so nach ihrer Zweisamkeit. Im Park kurz vor der Klinik blieb er abrupt stehen. Ein Fahrradfahrer schlug gerade noch einen Haken und rauschte an ihm vorbei. Gregor zuckte zusammen, ließ seinen Blick gleiten, über den matschigen Weg, den Grashügel hinauf bis zu den Baumkronen, die sich sacht im Wind wiegten und die Sonne in Streifen schnitten. Wie fremdbestimmt zog sein Handy hervor. Langsam öffnete er die Kontakte, es waren nicht viele. Rosa ganz oben, die erste. Wie sie auch in seinem Leben der wichtigste Mensch war. Zögernd wischte er über ihren Namen und öffnete das Nachrichtenportal.

Rosa?

Er starrte auf das Häkchen, das auf das einzelne Wort folgte. Es blieb eins, verdoppelte sich nicht. Ihr Handy schien ausgeschaltet. Sein Blick floh vom Handybildschirm und folgte den sich bewegenden Schatten der nackten Äste auf dem matschigen Untergrund. Rosa hätte es nicht gemocht, hier zu laufen, auf dem unsicheren, glitschigen Untergrund, er hätte sie fester an sich gezogen als auf dem Bürgersteig, um ihr Sicherheit zu geben... Noch ein Blick auf den Bildschirm, weiterhin nur ein Haken, er seufzte lautlos und steckte das Gerät unverrichteter Dinge wieder in die Hosentasche. Er konnte ihr nicht schreiben. Nicht, solange er nicht wusste, ob sie überhaupt noch wach war. Die Worte des Arztes gestern Nacht hatten so besorgt geklungen, dass Gregor sich zwar in das Ehebett zu seinen Kindern gelegt hatte, aber kein Auge zugetan hatte. Er hatte in die Dunkelheit gestarrt und in seiner Angst ausgeharrt, ob der Arzt sich noch einmal melden würde. Er hatte es nicht getan. Vielleicht war das gut. Langsam ging Gregor weiter.

Gewohnte Wege, er durchschritt das alte Haus der Verwaltung, das vorne und hinten einen Ausgang und damit den Zugang zu dem eigentlichen Gelände der Universitätsklinik bot. Er ließ die Kinderklinik rechterhand und strebte erst geradeaus, schließlich nach links, auf den Haupteingang zu. In der großen Halle standen Absperrungen, Plakate, mit dem Hinweis auf das absolute Besuchsverbot. Gregor nestelte an seinem Rucksack und nutzte wie am Vortag sein Bruder, seinen Ausweis, um Zugang zu dem Hauptgebäude zu bekommen. Der Fahrstuhl, die Intensivstation lag im ersten Stock. Zögernd näherte er sich der Tür. Seine Frau lag dahinter, nur ein paar Meter entfernt, und niemand würde ihn zu ihr lassen. Er ließ den Rucksack von der Schulter rutschen, öffnete den Reißverschluss und holte die Keksdose hervor. Er hatte sie nicht weiter verpackt, es war für Rosa irrelevant. Sie sollte vor allem die Schachtel in ihren Händen halten und seine Worte ertasten. Ob der Geschmack der Kekse und ihr Duft doch irgendwie zu ihr durchdringen würden? Er hatte sie stärker gezuckert als sonst, vielleicht würde es helfen. Rosa mochte es ohnehin süß, allein wie sie ihren Kaffee süßte. Die südamerikanische Art... Er setzte den Rucksack wieder auf und klingelte. Wie sein Bruder am Vortag half ihm die Gegensprechanlage nicht, er wartete ruhig, bis jemand öffnete und ihn mit welchen Worten auch immer überschüttete. Er hatte keine Worte, wie eben im Kindergarten, auch hier nicht. Er musterte die Pflegekraft und hielt ihr einen Zettel hin.

Ich bin Gregor Treppin. Der Ehemann von Rosa Treppin. Ich bin taub und stumm, deshalb das Schreiben. Gestern habe ich mit unseren Kindern diese Kekse gebacken. Könnten Sie sie Rosa bitte bringen?

Er hatte am Abend länger über den Worten gerätselt, hatte sie dann sogar heute Morgen aus der Bahn noch schnell seiner Schwester zum Gegenlesen geschickt. Es war nicht seine Sprache. Er hatte immer Angst, Fehler zu machen. Er hatte ihre Korrekturen eingebaut.

Die Frau lächelte freundlich und redete unter ihrer Maske, sie wirkte gestresst, schien unter Druck zu stehen. Sie wies auf eine imaginäre Uhr an ihrem Handgelenk, als habe sie keine Zeit. Sie nahm ihm behutsam die Keksdose ab, noch ein Blick aus ihren tiefblauen Augen, dann wandte sie sich um und eilte davon. Gregor sah ihr durch die sich schließenden Flügeltüren nach. Sein Herz zog sich vor Sehnsucht zusammen. Schließlich machte er kehrt und begab sich in Richtung Labor.

Rosa schlief. Sie verschlief immer mehr vom Tag. Seit dem Telefonat gestern hatte sie nicht mehr um ihr Handy gebeten. Louise, die wieder Dienst hatte, hatte das Gefühl, dass sie sich zurückzog, dass ihre Kräfte nachließen. Kurz vor Acht hatte jemand geklingelt. Sie waren im Stress, über Nacht waren mehrere Neuzugänge gekommen und sie wussten alle kaum, wo ihnen der Kopf stand. Sie hatte die Klingel gehört, sich gewundert, dass keiner antwortete auf ihre Frage und war kurz zur Tür gegangen. Davor ein Mann, Gregor, sie erkannte ihn, durch die geschnitzte Figur, die Rosa ihr gezeigt hatte. Er hatte ihr einen Zettel und die Keksdose gereicht. Er hatte so traurig gewirkt, gern hätte sie ihm ein paar freundliche Worte geschenkt, aber er verstand sie nicht und sie hatte kaum Zeit. Sie hielt die dunkelbraune Dose mit den Sternen in den Händen und entdeckte erst auf den zweiten Blick die aufgeklebten Streifen in einer Punktschrift, die ihr nichts sagte, wahrscheinlich Braille und die eingestanzten Motive. Sie musste lächeln, so ein liebevolles Geschenk, der Duft von selbstgebackenen Keksen stieg ihr in die Nase. Sie beschloss, die Dose gleich der Patientin zu bringen. Wer wusste schon, wie lange sie hierzu noch Gelegenheit haben würde. Die Patientin baute eindeutig ab. Sie drohte sich zu erschöpfen.

Louise war aufgefallen, dass Rosa nicht mehr auf Gerüche reagierte, so anders als am Anfang. Sanft berührte sie sie an der Schulter. Sie machte ihre rechte Hand los und gab die Dose in die Hände der eben erwachenden Patientin.

»Louise, was…?«, weiter nichts, dann erkundeten ihre Hände interessiert die Dose. Louise sah, wie die Finger der blinden Frau über den Deckel glitten, wieder und wieder und wieder. Dann mühte sie sich, den Deckel zu öffnen, bekam es aber nicht hin, so dass Louise ihr zur Hand ging. Rosa tastete sich vor. Sie suchte einen Stern, einen Tannenbaum und ein Herz, dann atmete sie tief durch und ließ Louise die Schachtel wieder schließen.

Rosas eine Hand hielt die Kekse, sie zog einen heraus, einen Stern, sie knabberte an einer Spitzen. Kein Geruch, kein Geschmack und ihr fehlte einfach die Luft, also steckte sie ihn wieder in die rechte Hand. Mit links fuhr sie erneut über die Worte: *Rosa, wir lieben dich.* Darunter die Namen ihrer Lieben in den Formen der Kekse, ihr kleiner Stern Leo, Mia, die Tannenbäume so liebte, und das Herz von Gregor. Sie strich darüber, immer und immer wieder. Ihre Drei,

Gregor, Mia und Leo. Ihr Herz klopfte zum Zerspringen, ihr ganzer Körper schrie vor Schmerz, die Luft wurde immer weniger. Sie war am Ende ihrer Kräfte. Sie tastete nach Louises Hand und drückte sie.

»*Ja?*«

»Louise, ich... kann nicht... mehr. Lassen Sie... mich schlafen. Und Gregor... er muss... auf das... Handy gucken. Die... Audiodateien. Sagen... Sie es... ihm? Und... dass ich... ihn... über alles... liebe. Ich... werde... jetzt schlafen... Später... komme ich... zu ihm und... Leo und... Mia zurück.«

Die Schachtel glitt aus ihrer Hand, die Kekse zerbröselten in ihrer anderen, die sich zu einer Faust ballte, als sie immer verzweifelter nach Luft rang, nur noch ein Zug, und noch einer, und noch einer...

Ihre Gedanken entfernten sie von dem Kampf, den ihr Körper focht...

Die erste Nacht nach Leos Geburt, als sie wieder zu Hause waren. Sie lagen im großen Bett, sie in Gregors Arm, Leo auf ihrem Bauch, Mia ihr zugewandt zwischen ihnen. Die ruhige Atmung von Gregor, die tiefen Züge der schlafenden Mia und die schnelleren des kleinen Wunders auf ihrer Brust. Ihre Hände glitten erst über den Rücken des Kleinen, dann suchten ihre Finger Mias Kopf und verfingen sich kurz in ihren Locken, schließlich fand sie Gregors Hand. Sie buchstabierte in seine Handfläche, die sich sanft wie eine Kuppel um ihre gelegt hatte: »*Gregor, ich liebe dich. Was haben wir nur für ein Glück.*«

Die Sättigung sank. Louise drehte den Sauerstoff hoch und drückte die Notfallklingel. Sie nahm die Dose an sich und strich die Kekskrümel von der Decke. Ihr Blick fiel auf die Statue auf dem Nachtschrank. Sie drückte sie Rosa in die Hand. Diese schloss sich darum, während sie röchelnd nach Luft rang. Louise hatte gerade noch Zeit, Rosa einmal sanft über den Kopf zu streichen, dann standen plötzlich viele Menschen in dem kleinen Zimmer.

Es ging sehr schnell. Louise spritzte die Sedativa und das Muskelrelaxanz. Sie war froh, dass Heimboldt gerade anwesend war. Er war ihr der liebste Oberarzt in kritischen Situationen. Er nahm alles in die Hand, ohne viele Worte zu machen. Jetzt streifte er rasch die Handschuhe über, griff zu Spatel und Tubus, die Louise ihm reichte und hatte die Patientin innerhalb weniger Sekunden intubiert. Er musste ordentlich beuteln, damit er sie überhaupt oxygeniert bekam, diktierte nebenher die hohen Einstellungen für die Beatmungsmaschine. Dann ließ er Catecholamine richten, legte ihr einen ZVK in die große Halsvene und einen Shaldonkatheter für die notwendige Dialyse. Jetzt schlief sie. Alles war einfacher, sie wurde wie seine anderen sedierten Patienten, die er so gewohnt war. Er brauchte keine Erklärungen abzugeben, mit denen er nie· zu ihr durchgedrungen war. Er warf einen traurigen Blick auf die junge Frau, als er verschwitzt das Zimmer verließ, um sich gleich dem nächsten instabilen Patienten zu widmen.

Gregor war gerade im Labor angekommen und setzte den Rucksack auf seinem Schreibtisch ab, als er das Gefühl hatte, dass etwas in ihm zersprang. Er war in Gedanken immer bei Rosa, nicht nur die letzten Tage, auch vorher war er oft in stummer Zwiesprache mit ihr gewesen. Er hatte sie immer bei sich gehabt, sich ihr nahe gefühlt, fast egal, ob sie wirklich in der Nähe war oder nicht. Er verharrte in der Bewegung, den Rucksack halb geöffnet vor ihm auf dem Tisch, stand er reglos. Sein Kontakt zu Rosa, irgendetwas war dazwischengekommen, sie wirkte plötzlich unendlich fern. Sie durfte nicht so weit weggehen. Was machte sie? Was passierte mit ihr? Erst hatte er Angst, dass sie ganz weg wäre, aber so war es nicht. Ihre Silhouette war da, verschwommen in der Ferne, kaum erkennbar, aber noch da. Keuchend setzte er sich auf seinen Bürostuhl, schlug die Hände vor sein Gesicht und versuchte, den Kontakt zu halten, sie wieder näher zu sich heranzuziehen.

Abends kam die Nachricht von Rosen. Rosa war am Morgen intubiert worden, den ganzen Tag hatte sich niemand bemüßigt gefühlt, sich bei ihm zu melden. Aber jetzt am Abend tat es Rosen. Er war ihm unendlich dankbar.

Der Tag war wie im Nebel an Gregor vorübergegangen. Sein Laborleiter hatte mit ihm sprechen wollen, aber er war so unkonzentriert gewesen, dass er es mit dem Lippenlesen nicht hinbekommen hatte. So anders als sonst. Christian hatte irgendwann seine Worte unterbrochen. Seine Hand besorgt an seinem Arm. Eine Pose komplett untypisch für den sonst energischen Mann.

»Gregor, was ist denn los?«

Gregor hatte zum Zettel gegriffen.

Meine Frau liegt auf Intensiv. Corona.

Der entsetzte Blick seines Gegenübers, sie beide kannten das Virus viel zu gut.

»Das ist nicht dein Ernst. Sie ist doch noch so jung. Hat sie Vorerkrankungen?«

Gregor mühte sich zu verstehen. Er schüttelte den Kopf.

»Wenn du…«, als Gregor nicht verstand, griff auch er zum Stift, *wenn du Freiräume brauchst, auch wegen der Kinder, sag bitte Bescheid. Das Labor kann warten. Ist nicht so wichtig. Hier sind genug andere, denen ich die Arbeit aufhalsen kann.*

Gregors Antwort kam unerwartet: *Nein, ich möchte arbeiten. Bitte!*

Christian hatte sein Gegenüber gemustert, dieser junge Mann, einer der besten Forscher des ganzen Labors. Seine Taubheit, die ihn am Anfang so verwirrt hatte. Inzwischen waren sie zu echten Partnern geworden. Er schrieb noch einmal: *Wie du meinst. Aber du hast von mir alle Freiheiten. Verstanden?*

Gregor hatte genickt und den Raum verlassen.

Sein Handy vibrierte nochmal:
Herr Treppin?
Ja, entschuldigen Sie.
Also: heute Morgen mussten wir Rosa intubieren. Mein Oberarzt hat es gemacht. Louise, ihre vertrauteste Schwester war dabei. Sie sagt, Ihre Frau habe um die Intubation gebeten, als habe sie selbst ganz genau gewusst, dass jetzt ihre Grenze erreicht sei. Dann wurde sie akut schlecht.
Heute Morgen? Wann?
So um halb neun.

Gregor spürte sein Herz klopfen. Er wusste nicht, ob es gut war, zu fragen: *Die Keksdose. Wissen Sie, ob sie sie noch bekommen hat?*

Nein, weiß ich nicht. Sorry. Ich kann morgen früh Louise fragen und schreibe Ihnen.

Danke, dass Sie sich immer melden. Sie sind der Einzige.
Schon okay.
Wie geht es Rosa jetzt?
Moderater Beatmungsbedarf, die Dialyse läuft, sie braucht Medikamente zur Kreislaufunterstützung, aber das gehört dazu. Wir bekommen das Wasser ganz gut raus. – Wahrscheinlich ist es für Ihre Frau eine große Entlastung, dass Sie jetzt schläft und nichts mehr mitbekommt. Das ist einfacher für sie. Wir passen gut auf sie auf. Versuchen Sie jetzt auch ein bisschen zu schlafen.
Danke. Ihnen einen ruhigen Dienst.

Gregor entledigte sich im Halbdunkel seiner Klamotten und legte sich zu seinen schlafenden Kindern ins Bett. Liebevoll strich er erst Leo, dann Mia über den Rücken.
»Die Mama schläft jetzt auch, wie ihr«, seine Hände sprachen es klein in die Dunkelheit und Stille. Dann ließ er sich auf die Seite sinken, seinen Kindern zugewandt und versuchte, Rosa auszumachen. Er war Naturwissenschaftler und sich durchaus bewusst, dass er sich wahrscheinlich etwas vormachte. Aber er hatte diese Nähe zu Rosa, wie er sie, als er klein war, zu seinem Zwillingsbruder gehabt hatte. Seit sie sich kennengelernt hatten, war sie irgendwie immer bei ihm gewesen. Schon gestern hatte er dieses komische Gefühl nach dem Telefonat gehabt, dass irgendetwas überhaupt nicht stimmte, dass es ihr wirklich schlecht ging, ohne dass er einen objektiven Grund dafür gehabt hätte. Heute Morgen im Labor, dieses Gefühl, dass sie ihn verlassen hatte, dass sie fern war, nach dem Austausch mit Rosen am Abend passte es ziemlich genau zu der Uhrzeit, als sie schlecht geworden war, als sie sie sedieren mussten. War

das möglich? Er schloss die Augen und machte sich auf die Suche nach ihr. Ihn bestürmten die Erinnerungen.

Ihr erster gemeinsamer Urlaub. Rosa hatte ihm Boston zeigen wollen, wo sie vor dem Unfall ihr Studium der amerikanischen Literatur begonnen hatte. Sich von ihr die Stadt zeigen zu lassen, war etwas Besonderes gewesen. Sie hatte keine optischen Eindrücke, die sie mit ihm teilen konnte, bewegte sich aber sicher in den Straßen, die sie gekannt hatte. Sie hatten die halbe Innenstadt erkundet, als sie ihn zu einer Pause in ihrem Lieblingscafé entführte. Einmal brauchten sie keine Speisekarte, sie erinnerte noch all die Gerichte und Getränke, die sie so gemocht hatte und bestellte ihren Lieblingskaffee, einen Café Latte mit Karamellsirup. Sie hatte ihn einfach gleich zweimal bestellt, ohne ihn wirklich zu fragen, ob ihm danach war. Ihm war angesichts des Karamel-verzierten Sahnebergs fast schlecht geworden, er hatte sich dem Getränk aber Stück für Stück gewidmet und nebenher ihren Erinnerungen gelauscht, die sie ihm in die Hand buchstabierte. Die wenigen anderen blinden Studenten, die es in Harvard gab, die sich aber alle fanden und regelmäßig trafen. Der großartige intellektuelle Austausch, die wunderschönen Feiern, wenn sie unter sich waren und sich niemand daran störte, wie man angezogen war und ob man sein Gesicht dem Gegenüber zuwandte. Sie war zusammen mit einer Freundin aus Kolumbien dorthin gekommen, auch diese fast blind, sie hatten sich aus dem Internat gekannt. Ana hatte begonnen, Jura zu studieren, Rosa sich der Literatur und dem Schreiben gewidmet. Es war so gut gewesen, mit Ana zusammen zu wohnen. Wenn wieder mal alles schwierig wurde, hatten sie sich wenigstens gegenseitig, sie verbrachten die Abende mit Kochen, essen und reden. Reden, die Gespräche, die Worte, das Wichtigste in ihrem Leben. Sie hatten Reiseberichten im Fernsehen gelauscht und sich ausgemalt zu all diesen wunderbaren Orten irgendwann selbst zu reisen, sie selbst erkunden zu können. Rosa hatte erzählt und erzählt. Danach hatten sie sich wieder aufgemacht, er hatte seinen Arm um sie gelegt, sie nicht eingehakt, wie es nicht so vertraute Personen mit ihr machten, um sie zu führen. Sie nutzte ihren Blindenstock, es war ihre Art, die Welt vor ihren Füßen zu erkunden, sie beherrschte sie meisterhaft und machte ihre Behinderung damit weithin für alle sichtbar, während seine eigene immer unsichtbar und verborgen blieb. Solange er mit niemanden in Interaktion treten musste, wirkte er auf alle normal. Sie waren in das kleine Hotel in der Innenstadt zurückgekehrt, in der Nähe des Ortes, an dem sie damals gewohnt hatte, nicht weit entfernt von der Universität. Sie beide waren müde gewesen von dem langen Stadtbummel. Für ihn blieb es anstrengender mit Rosa zu laufen als allein, er hatte immer das Gefühl, für sie mitgucken zu müssen. Und sie gab nie Ruhe. Nie hatte er verstanden, wie sie immer und immer redete, selbst wenn sie liefen und sie doch eigentlich ihre Konzentration für den Weg brauchte. Hatte er gedacht und ihre Multitasking-Fähigkeit bewundert. Sie waren in dem Zimmer auf das Bett gefallen, Rosa erzählte weiter, ihre Finger wie ein flatternder Vogel in seiner Hand, bis er sie leicht drückte und zum Schweigen brachte. Er hatte sie angesehen, wie sie neben ihm halb lag, die etwas verschwitzten Haare in ihrer Stirn, eine Strähne quer über ihren geschlossenen Augen. Sanft hatte er sie weggestrichen, seine Hand zärtlich an ihrer Wange. Plötzlich schwieg sie, auch ihre Hand hatte seine Wange gesucht, sie hatte sich halb aufgerichtet und ihn auf die Stirn geküsst. Erst die Stirn, dann weiter und weiter, lauter Küsse auf seiner Haut. Sie hatte ihn überhäuft, mit dem, was er selbst ihr nicht geben konnte, parallel begonnen, sein Hemd zu öffnen. Ihre so kundigen Hände auf seiner Brust, er ließ sich zurücksinken, schloss die Augen, wurde kurz genauso blind wie sie, nur um die Augen wieder aufzuschlagen, ihr dunkler Teint, die schwarzen langen Haare, ihr schlanker Körper, vorsichtig hatte er ihr das T-Shirt über den Kopf gezogen, sie von ihrem BH befreit und seine Hände waren kräftig über ihre weiche Haut geglitten... Es hatte dieses Urlaubs, des Fernseins von der Universität und all ihren Kommilitonen bedurft, dass er sich getraut hatte, den letzten Schritt auf sie zuzugehen...

Gregors Hände fuhren suchend über die Laken und stießen an die kleinen Körper seiner Kinder. Rosa fehlte. Schlagartig wurde er wach, er war schweißgebadet. Die Angst bäumte sich in ihm auf, stöhnend drehte er sich von seinen Kindern weg, er umklammerte seine angezogenen Beine und weinte. Sie würden es nie wieder erleben. Rosa würde es nicht schaffen. Sie war schon fast weg. So weit weg. Wie sollte er sie jemals wieder erreichen? Sie zurückholen? Sie an sich binden, damit sie nicht ginge? Wie sollte er ohne sie sein?

Rosa schläft

Die folgenden Tage waren flach, kalt und grau. Gregor funktionierte. Er stand morgens in aller Frühe auf, duschte, weckte seine Kinder, versorgte sie mit einem Frühstück, würgte selbst ein paar Brocken hinunter, damit Mia sich keine Sorgen machte. Sie folgten ihrem Alltag, die Kinder in ihren Kindergärten, er selbst im Labor. Er war dankbar für seine Arbeit. Er versenkte sich darin. Sie hatte nichts mit Rosa zu tun. Rosa hatte nie seine Faszination für die Naturwissenschaften geteilt, er hatte ihr seine Projekte nie wirklich nahebringen können, ebenso wenig wie sie ihm ihre geliebte Literatur. Sie hatte sich sehr viel mehr darum bemüht, sie ihn verstehen zu lassen, als er das umgedreht getan hätte. In einer langen Folge aus Buchstaben oder auch gesprochenen Worten hatte sie ihm von ihren Lieblingsromanen erzählt. Von deren Inhalt, aber auch davon, was sie an der Struktur einer Geschichte oder an der Art, wie sie sprachlich erzählt war, faszinierte. Er hatte ihr kaum folgen können, sie kaum je wirklich verstanden. Ihm sagten die Bücher so wenig, wie Rosa seine Bilder oder sein Labor verstehen konnte. Sie hatten darüber häufiger gescherzt, wie wenig sie eigentlich zueinander passten, wie weit ihre Interessen und Erfahrungen auseinanderlagen. Wie unterschiedlich ihre Welten waren. Und trotzdem, für Gregor gab es niemanden wie Rosa, und ihr schien es mit ihm ähnlich zu gehen. Nie hatte er geglaubt, jemals einem anderen Menschen, abgesehen von seinem Zwillingsbruder, so nahe sein zu können. Und es hatte sich einfach so ergeben, über alle Grenzen und Verschiedenheiten hinweg.

Gregor schüttelte unwirsch den Kopf, vertrieb die Gedanken und konzentrierte sich auf sein Pipettieren. Das Labor tat ihm aus vielerlei Gründen gut. Hier war alles wie immer. Der Teil seines Lebens, der nicht erschüttert worden war. Seine Kollegen ließen ihn über weite Strecken in Ruhe und sprachen ihn kaum an. Schon früher waren seine Taubheit und Zurückhaltung ein funktionierender Schutzwall gewesen, seit alle Masken trugen, war es noch stiller um ihn herum geworden. Manchmal nahm er nicht einmal wahr, dass sie miteinander redeten. Die Masken machten die Dinge klarer. Er konnte ihre Lippen nicht sehen, als konnte er ihnen nicht folgen. Und sie ließen ihn. Oder sie schrieben. Seine MTAs inzwischen meist in Form von E-Mails. Auch das angenehm, er konnte sich ihren Fragen in Ruhe widmen und musste nicht sofort antworten. Er absolvierte seine Arbeit, die Arbeit, die ihm und seinen Kindern den Lebensunterhalt sicherte, die Arbeit, die möglicherweise helfen würde, das Virus langfristig in seine Schranken zu verweisen. Seine Arbeit machte Sinn und keiner fragte, wie es ihm ginge. Es gab noch etwas, weshalb er es liebte im Labor zu sein, er fühlte sich Rosa nah. Er war zumindest auf dem Campus, wo sie sich notgedrungen auch aufhielt, in der Nähe der Menschen, die sich um sie kümmerten.

Er absolvierte seine Tage pflichtbewusst. Abends holte er die Kinder bei seiner Schwester ab. Einmal war Ben an die Tür gekommen, Leo auf dem Arm. Leo hatte so entspannt und glücklich gewirkt, dass Gregor es nicht verstanden hatte, bis seine Schwester in sein Sichtfeld kam, die Geige angelegt, ihr sanfter Strich auf den Saiten des Instruments. Das Strahlen auf dem Gesicht seines Sohnes. Er hatte nur einen schweigenden Blick zu Sophia geworfen, die die Geige abgesetzt, den Bogen und das Instrument in eine Hand genommen hatte und mit der anderen sagte: »*Hallo Gregor. Ich glaube, Leo liebt Musik.*«

Er hatte keine Antwort gehabt. Wie so oft war er ein paar Minuten schweigsam bei Sophia und ihrem Mann geblieben und hatte dem gelauscht, was sie ihm über den Tag der Kinder berichteten. Dann hatte er die beiden in ihre Jacken gehüllt, Leo auf den Arm genommen, Mia an die Hand und sie hatten sich durch die Dunkelheit aufgemacht zu ihrer Wohnung, die nicht weit entfernt lag.

Er kochte abends einfache, schnelle Gerichte für ein gemeinsames, stilles Essen. Allabendlich die Badewanne, die Leo so mochte, die duftenden Kinder in ihren Schlafanzügen, eine Geschichte auf dem Sofa. Mit Mia war es einfach, für Leo musste er ganz langsam gebärden, aber er hatte sich vorgenommen, sich von der Hürde in ihrer Kommunikation nicht von dem Versuch abbringen zu lassen, zu seinem Sohn durchzudringen. Geduldig wiederholte er die Worte und Sätze, bis auch Leo sie verstand. Mit jeder verstandenen Geschichte wurde es besser.

Es gab keinen anderen Weg, er musste geduldig sein. Leo machte es ihm leicht. Trotz der späten Stunde saß er aufmerksam auf dem Sofa und nahm die Unterrichtsstunden in Form der abendlichen Geschichten in den Händen seines Vaters an und lernte.

Damit die Kinder einschliefen, legte er sich für einen Moment zu ihnen. Er hatte sie im Arm, bis er spürte, dass ihre Atemzüge regelmäßig wurden. Er erhob sich dann nochmal, widmete sich der allabendlichen Routine der Hausarbeit, um für den nächsten Tag gerüstet zu sein. Meist war es spät, bis er alles erledigt hatte. Die sehr begrenzte Freizeit, die ihm dann noch blieb, verbrachte er im Arbeitszimmer an seiner Staffelei oder schnitzend. Auch für Leo waren geschnitzte Gegenstände Gold wert, also stellte er alles Mögliche her, um ihm die Welt im wahrsten Sinne des Wortes begreiflich zu machen.

Während er seiner Kunst nachging, wartete er innerlich auf die Nachricht von Rosen. Dieser hatte sich angewöhnt, zuverlässig jeden Tag etwa um dieselbe Uhrzeit in seinem Handy aufzutauchen, um von Rosas Gesundheitszustand zu berichten. Er muss doch auch einmal frei haben, hatte Gregor gedacht, aber es nie hinterfragt. Die ersten Nachrichten klangen wie ein langsamer Abwärtstrend, wie ein sanft abfallender Hügel, auf den Rosa sich begeben hatte. Ihr Körper benötigte Tag für Tag etwas mehr Unterstützung durch die Maschinen und Medikamente, aber es gab keine plötzlichen Vorfälle, vor denen Gregor sich hätte erschrecken lassen müssen. Und sie schlief. Wie Rosen gesagt hatte, war es letztlich eine Erleichterung, dass er sie im Schlaf wusste, für den Moment erlöst von ihrer Behinderung im Umgang mit ihrer Umwelt. Sediert wäre Rosa wie alle anderen auch. Wahrscheinlich war es auch für das Personal einfacher so. Noch ein Patient mit einem Tubus im Hals, von Medikamenten in einem dornröschenhaften Schlaf gehalten. Emotional sicher weniger fordernd als Rosa im Wachzustand.

Die Gespräche mit Rosen am Abend, eher nachts, so spät meldete er sich meistens, waren für Gregor neben den Treffen mit seiner Schwester und ihrem Mann die einzigen ernsthaften Austausche mit erwachsenen Menschen in dieser Zeit. Seine Familie schrieb ihn zwar ständig an, aber sie tolerierten es, wenn er zu müde war, um zu antworten und befragten stattdessen Sophia, die offenbar auch diese Mittlerfunktion hervorragend übernahm und ihn damit aus der Schusslinie ihrer Fragen zog.

Gregor zog eben eine gerade, perfekt in der Waagerechten liegende Linie quer über eine ganze Leinwand, als sein Handy vibrierte.

Hallo Herr Treppin.
Hallo Dr. Rosen. Wie geht es Rosa?
Ihre Gespräche begannen immer mit denselben Worten.
Rosen berichtete: *Sie ist im Prinzip stabil. Auf eher niedrigem Niveau. Die Dialyse läuft, die Beatmung mussten wir ein bisschen hochfahren. Die Sedierung ist kein Problem.*
Gut, danke.
Damit hätte ihr Gespräch eigentlich beendet sein können, aber Rosen machte noch weiter.
Wie geht es Ihnen eigentlich? Ist es nicht sehr schwer, so weit weg von der eigenen Frau zu sein und nur andere dürfen sich um sie kümmern?

Gregor las, nahm sich Zeit zu verstehen. Seine Antwort fiel ihm noch schwerer.

Andere kümmern sich um den Körper. Rosa ist... sie ist immer bei mir.

Sie denken viel an sie?

Ja.

Und Ihre Kinder? Rosa hat mir von Mia und Leo erzählt. Ich hoffe, es ist okay, dass ich frage.

Ja, ist okay. Sie... halten durch. Rosa muss es schaffen. Was machen wir ohne sie?

Wir tun alles für sie, Herr Treppin.

Ich weiß. Danke, dass Sie sich melden.

Rosen hatte dies inzwischen als die Floskel erkannt, mit der Treppin das Gespräch beendete.

Bis morgen. Wir passen gut auf Rosa auf.

Gute Nacht.

Nach dem abendlichen Austausch mit Rosen war Gregor in der Regel so weit, dass er sich traute, sich ins Bett zu begeben. Jedes Mal beruhigten ihn die Worte des Arztes, auch wenn dieser keine wirklich guten Nachrichten hatte, sie waren zumindest nicht ganz schlecht und er hatte das Gefühl, dass sich ein Mensch wirklich um seine Frau kümmerte. Rosen war seine Verbindung zu Rosa, die Einzige, die er im Moment hatte. Er tat sich schwer mit dem Schreiben, manchmal auch mit den Worten von Rosen. Es war die Form der Kommunikation, die er sonst, wenn immer möglich, vermied, aber er durfte den Kontakt zu Rosen auf keinen Fall abreißen lassen. Manchmal wunderte er sich, dass jener ihn mit dieser Konsequenz auf dem Laufenden hielt. Innerlich schrieb Gregor dies Rosa zu. Sie hatte ihn wahrscheinlich in den wenigen Tagen ihres Kennenlernens tief beeindruckt. Sie schaffte das immer wieder.

Die Tage dümpelten dahin. Die Politik kündigte nun doch strengere Beschränkungen an, beschloss die Schulen dicht zu machen, bat die Eltern, ihre Kinder möglichst zu Hause zu betreuen und statt die Kontaktbeschränkungen zu Weihnachten zu lockern, wie ursprünglich angekündigt, wurden sie härter. Generell durften sich nur noch zwei Haushalte treffen. Gregor hielt sich strikt daran und traf sich ausschließlich mit Sophia und Ben. Er mied den direkten Kontakt zu seiner anderen Schwester, seinem Bruder und seinen Eltern, so häufig alle sich in dieser schwierigen Zeit anboten, so oft ließ er sie abblitzen. Letztlich dankbar für die von außen vorgegebenen Beschränkungen. In seiner Not hätte er ohnehin nicht gewusst, über was er mit ihnen reden sollte. Er hielt durch, solange ihm keiner zu nahekam. Sophia und Ben waren neben seinem Vater die Einzigen in der Familie, die instinktiv seinem Hang dazu, die Dinge mit sich selbst auszumachen, nachgeben konnten. Sie waren ebenso still und zurückhaltend wie er. Auch das machte Sophia zur idealen Betreuung für seine Kinder. Trotz der Aufforderung, die Kinder möglichst zu Hause zu betreuen, schickte Gregor sie zunächst weiter in den Kindergarten. Nach vier Wochen Quarantäne hungerten sie nach Gesellschaft, nach Gesprächen, nach Beschäftigung und Aktivitäten. Alles Dinge, die er ihnen im Moment kaum geben konnte. Er konnte sie versorgen, Geld verdienen, sich um ihre Nahrung und Kleidung kümmern. In ihm drin sah es so grau und trist aus, dass er glaubte, ihnen kaum die Wärme und Nähe geben zu können, die sie brauchten. Er nahm sie an die Hand, auf den Schoß, sie schliefen in seinen Armen ein, und es gab die abendliche Geschichte, damit waren seine Reserven ausgeschöpft, mehr war er nicht in der Lage, ihnen im Moment zu geben. Er fühlte sich unzulänglich, besonders Leo gegenüber, mit dem die Kommunikation so schwierig war, aber auch Mia schien ihm stiller geworden. Seine lustige Mia, die normalerweise kaum zu bremsen war, die über Tische und Bänke ging, dass alle in seiner Familie das südamerikanische Blut in ihren Adern dafür angeschuldigt hatten, saß manchmal mit einer Puppe im Arm und starrte Löcher in die Luft. Wenn Gregor sie so erwischte, nahm er sie hoch und drückte sie an sich. Sie war oft erst steif wie ein Stück Holz in seinen Armen, und es dauerte eine Weile, bis sein Streicheln, seine Liebkosungen sie wieder weich werden ließen.

Am schwierigsten waren die Wochenenden. Es war Advent, eigentlich eine wundervolle Jahreszeit, voller Wärme und Stimmung in den Häusern, wenn es auch draußen oft ungemütlich war. Sie zündeten jeden Sonntag eine weitere Kerze auf dem Kranz an und immer noch war Rosa nicht bei ihnen. Wie sollte er es bloß den Kindern erklären? Er verstand es selbst kaum. Er ging mit ihnen auf den Spielplatz, aber Mia hing lustlos auf der Schaukel und Leo lachte kaum noch, wenn sie zusammen die Rutsche nahmen. Sie alle vermissten Rosa so unendlich. Sie hinterließ in diesen Wochen eine Lücke, die Gregor nicht füllen konnte.

Am dritten Advent nahm er dankbar die Einladung zum Kaffeetrinken bei Sophia an. Für die Kinder war es gut, wenn sie mehr Gesellschaft hatten als nur ihn, der sich so kaputt und ausgelaugt fühlte.

Am Morgen bereitete er Leo auf den Besuch vor: »*Heute, Besuch. Zu Sophia.*«

Leo strahlte, seine Hand suchte Gregors Gesicht und drehte es zu sich, bevor er sprach: »Super, Papa. Vielleicht machen wir wieder Musik.«

»*Du – Musik – mit Sophia?*«, Gregor fragte es erstaunt, Sophia hatte gar nichts erzählt. Leo saß ihm gegenüber, alles an ihm Aufmerksamkeit.

»Ja, und mit Ben, Klavier«, die kleinen Hände ahmten die Tasten nach.

Gregor zog erstaunt die Brauen in die Höhe, langsam machte er weiter: »*Schön?*«

Er musterte ihn, seinen kleinen Jungen. Und ist es schön? Gefällt es dir?

»Ja!«

Gregor zog Leo zu sich in die Arme. Er starrte ins Nichts, über den Kopf des Kleinen hinweg.

Auch Mia freute sich. Sie war so aufgeregt, dass sie endlich mal wieder jemanden besuchen konnten, dass sie immer wieder kam und nachfragte, ob sie nicht schon losmüssten. Gregor konnte sie kaum im Zaum halten und war erleichtert, als sie sich um kurz vor drei Uhr endlich in ihre Jacken hüllen konnten, um sich spazierend zu seiner Schwester aufzumachen. Etwas frische Luft und Bewegung würden ihnen allen guttun. Gregor reichte Leo seinen Langstock und instruierte Mia, nicht zu weit vorweg zu laufen. Leo kannte den Weg inzwischen einigermaßen, sie liefen ihn jeden Abend nach Hause. Diesmal in die andere

Richtung. Gregor blieb dicht bei seinem Sohn, wieder fehlte ihm die Möglichkeit, ihn mit Worten zu führen. Also lief er neben ihm, ließ ihn spüren, dass er da war und versuchte, ihn laufen zu lassen, ohne ihm zu viel seiner Selbstständigkeit zu nehmen. Rosa hatte häufig ihre Schritte gezählt, um Distanzen zu messen, wahrscheinlich war es an der Zeit, Leo mit Zahlen vertraut zu machen. Immer wieder bereute er, dass er so wenig wusste, wie er Leo am besten erziehen könnte. Rosa hatte ihm viel erzählt, über ihr Leben als Kind. Es war ihm aber nicht alles, was seine Schweigereltern gemacht hatten, als sinnvoll erschienen. Sie hatten ihr alles abgenommen und sie damit abhängig gemacht. Rosa war erleichtert gewesen, als sie endlich in die Blindenschule kam und dort unter erfahrener Aufsicht lernen konnte. Als sie zu der einen Ampel kamen, wo sie die Straße überqueren mussten, legte Gregor die Hand auf Leos Schulter. Leo begriff sofort, er wandte sich nach rechts und blieb wartend stehen, bis ihm sein Vater durch einen leichten Druck an seiner Schulter zu verstehen gab, dass er weitergehen konnte. Für den kurzen Weg brauchten sie eine halbe Stunde, aber es war ein gutes Training für Leo. Gregor war so konzentriert auf die Schritte seines Sohnes und die hin und herlaufende Mia, dass er seit vielen Tagen das erste Mal seine Sorgen hinter sich ließ und ganz im Augenblick lebte.

Sophias musternder Blick, als sie die Tür öffnete, die ungestellte Frage in ihrem Gesicht, katapultierte ihn unsanft in die Realität zurück, in der er mit seinen Kindern seine Schwester besuchte und Rosa nicht dabei sein konnte. Er grüßte Sophia, dann auch Ben, nur mit einem Nicken. Die Kinder stoben ins Haus. Durch Sophias nachmittägliches

Hüten der beiden, kannte auch Leo sich inzwischen gut aus und bewegte sich sicher in den Räumlichkeiten. Gregor hob schweigend die Jacke auf, die Mia einfach auf den Boden hatte fallen lassen und entledigte sich seiner eigenen, um beide ordentlich aufzuhängen. Sophia war Leo hinterher gegangen. Im Umdrehen spürte Gregor eine Hand an seinem Arm. Ben, sein fragender Blick: »*Wie geht es euch, Gregor?*«

Gregor seufzte und zuckte die Schultern. Sein Blick verlor sich im Halbdunkel des Flurs. Ben, den er seit sechs Jahren kannte. Sophia hatte ihn damals gerade kennengelernt, es hatte ihn zufällig in ihre WG verschlagen, damals ein stummer, hörender, junger Mann, der kaum eine Gebärde zur Verfügung gehabt hatte. Seine Eltern hatten ihm die Gebärdensprache vorenthalten und er hatte ausschließlich schriftlich kommuniziert. Als sie sich kennenlernten, begann er gerade zu lernen. Er hatte Ben sofort gemocht, in seiner stillen Art. Inzwischen waren seine Gebärden sicher geworden, hatte das Lernen mit seiner Schwester ihn zu einem eloquenten und sicheren Gesprächspartner werden lassen, wenn er denn beschloss, sich in ein Gespräch zu stürzen, was immer noch selten vorkam.

»*Du machst Musik mit Leo?*«

Ihn streifte ein unsicherer Blick seines Gegenübers, so dass er ergänzte: »*Leo hat es mir heute Morgen erzählt. Er sah... sehr glücklich aus.*«

»*Ist es ein Problem für dich, Gregor? Ich dachte, es ist schön für ihn.*«

Gregor schüttelte lächelnd den Kopf: »*Nein, Ben, alles gut. Ich freue mich für Leo.*«

Er sah die Schultern seines Gegenübers erleichtert absinken. Zusammen gingen sie ins Wohnzimmer, wo schon alles für ein Kaffeetrinken vorbereitet war. Gregor betrachtete den Tisch. Rosa und er hatten die beiden häufig besucht, häufiger als seine anderen Geschwister, es hatte immer eine feste Sitzordnung gegeben. Heute war der Tisch anders gedeckt. Rosas Gedeck an seiner Seite fehlte. Gregor fühlte, wie sich alles in ihm verkrampfte, er schloss kurz die Augen, und versuchte, ruhig zu bleiben.

Die Stunden des Nachmittags waren an ihm vorbeigezogen. Er hatte das Kaffeetrinken, ohne etwas Essbares anzurühren, hinter sich gebracht, während seine Kinder sich freudig an den Keksen satt aßen, die sie in der letzten Woche zusammen mit Sophia gebacken hatten.

Ben war danach tatsächlich mit Leo ans Klavier gegangen. Er war seinem Sohn gegenüber ebenso sprachlos, wie er selbst, vielleicht noch ein bisschen mehr, aber sie schienen sich mit den Tönen zu vergnügen.

Sophia saß mit Mia auf dem Fußboden und sie spielten mit ihrer alten Puppenstube, die sie vor ein paar Tagen zusammen von Boden geholt und abgestaubt hatten. Mias und Sophias Puppen gebärdeten miteinander in einer Natürlichkeit, die Gregor lächeln ließ. Er selbst hatte sich in die Ecke des Sofas zurückgezogen. Er war sicher, dass Sophia und Ben seine Erschöpfung bemerkt hatten, die Erschöpfung zu vieler Sorgen und durchwachter Nächte. Sie ließen ihn, zwangen ihn in kein Gespräch. Sie kümmerten sich um seine Kinder und er durfte einfach dabei sein. Dankbar lehnte er sich zurück und schloss für einen Moment die Augen. Er nickte ein. Er spürte noch, wie Sophia ihn an der Schulter antippte und ihm mit einem freundlichen Lächeln eine Decke reichte.

»Mach mal eine Pause, Gregor.«

Sie staunte, als er sich kommentarlos auf dem Sofa langmachte und einfach einschlief. Das erste Mal in all den Wochen. In der stillen Sprache wandte sie sich an ihren Mann: *»Schau, Ben. Gregor muss völlig am Ende sein.«*

Ben drehte sich mit Leo auf dem Schoß von der Tastatur weg und wandte sich Sophia zu: *»Es ist mir ein Rätsel, wie er durchhält, Sophia. Der ganze Alltag und seine Sorge um Rosa.«*

»Weißt du, vielleicht lassen wir ihn einfach schlafen. Zur Not können Mia und Leo auch heute hier übernachten.«

Ben nickte, dann wandte er sich wieder Leo und dem Klavier zu.

Gregor schreckte zusammen, als sein Handy summte. Seine Augen öffneten sich in der Dunkelheit eines unbekannten Zimmers. Er hatte so tief geschlafen, dass er einen Augenblick benötigte, um sich zu orientieren. Sie waren zu Sophia gegangen. War er hier eingeschlafen? Auf dem Sofa im Haus seiner Schwester? Er zog das Handy hervor, Mitternacht. Was war mit Mia und Leo? Hatten sie ihn hier schlafen lassen und die Kinder ins Bett gebracht? Das Handy summte erneut und unterbrach seine Gedanken.

Er klickte auf die Nachrichtenseite. Rosen.

Herr Treppin?
Und dann nach zwei Minuten erneut: *Herr Treppin, sind Sie noch wach?*

Gregor tanzten die Buchstaben in seiner Müdigkeit vor den Augen.

Ja.

Rosen meldete sich um diese Zeit? Es war selbst für ihn spät. Gregor stöhnte. Er hakte nicht nach. Kein was ist los? Gibt es ein Problem? Nur sein Schweigen.

Rosen am anderen Ende zögerte. Er fühlte sich verpflichtet, den Ehemann zu informieren. Er hatte es ihm zugesagt, dass er ihn auf dem Laufenden halten würde. Gerade schien ihm diese Aufgabe zu groß. Langsam tippte er weiter.

Rosa geht es nicht gut. Wir haben sie eben reanimiert. Wir haben sie stabilisieren können, aber wir bereiten hier alles dafür vor, um sie an die ECMO zu nehmen.

Er sah, dass Treppin gelesen hatte, aber es kam keine Antwort, also machte er weiter.

Es tut mir leid, dass ich Sie mitten in der Nacht wecke. Und wegen der schlechten Nachrichten. Vielleicht hätte ich doch bis morgen früh warten sollen. Entschuldigen Sie.

Nein. Danke, dass Sie sich melden.

Immer wieder dieser eine Satz. Dann ein weiterer vertrauter: *Wie geht es Rosa?*

Sie ist nicht wirklich stabil.

Sie nehmen sie an die ECMO?

Ja.

Danke, dass Sie helfen.

Rosen ertrug diese Dankbarkeit kaum. Es war ihr Job, sich um die Patienten zu kümmern. Rosa war so jung, es war ihre Pflicht, um sie zu kämpfen. Ihr Mann musste doch angesichts dieser schlechten Nachrichten verzweifeln. Und was tat er? Er bedankte sich.

Das ist selbstverständlich.

Nein.

Doch! Herr Treppin, können Sie bitte aufhören sich zu bedanken? Ich... ertrage das gerade nicht. Das ganze Team fiebert mit Ihrer Frau.

Gregor traten die Tränen in die Augen.

Wird sie es schaffen?

Rosen stöhnte: *Ich weiß nicht. Ich kann Ihnen nichts versprechen.*

Kämpfen Sie weiter.

Ja, das tun wir. Wir werden alles in unserer Macht Stehende für Ihre Frau tun.

Ja. Ich will nicht länger stören.

Sie stören nicht, Herr Treppin. Ich habe mich ja bei Ihnen gemeldet. Versuchen Sie, ein bisschen zu schlafen.

Am Ende schienen die Worte Rosen ein bisschen zu persönlich, aber er hatte schon den Senden-Button gedrückt.

Gregor blieb allein mit der schlechten Nachricht auf dem Sofa sitzend zurück. Er starrte in die Dunkelheit, erst jetzt bahnten sich Rosens Worte langsam den Weg in den bewussten Teil seines Gehirns. Sie hatten Rosa reanimiert. Er hatte tief und fest geschlafen und sie wäre fast von ihm gegangen. Er würde wachsamer sein müssen.

An der ECMO

Rosen stand am Bett der jüngsten Patientin der Station. Sie lag seit einer Woche an der extracorporalen Membranoxygenation. Jener Methode, die sie bis vor kurzem nur in einem Verzweiflungsakt ganz ausnahmsweise bei einzelnen Patienten eingesetzt hatten. Und jetzt unter Corona-Bedingungen war es zu einer neuen Normalität geworden. Jede der größeren Intensivstationen, die die apparative Ausrüstung und Erfahrung überhaupt zur Verfügung hatten, hatte gleich mehrere solcher Patienten. Sie waren aufwändig, verursachten deutlich mehr Arbeit als ein herkömmlicher Intensivpatient. Und sie hatten wenig Personal. Einige von ihnen hatten sich infiziert. Die Quarantäne, wenn man unter geschützten Bedingungen die Patienten versorgte, war ohnehin längst abgeschafft, sonst hätten sie gar kein Personal mehr. Letzte Woche am späten Abend hatte er ihren Ehemann benachrichtigen müssen, über die erfolgte und zum Glück erfolgreiche Reanimation. Er hatte die Worte kaum schreiben können. Wie konnte sein Gegenüber es aushalten, sie zu lesen? Er hatte fast seine Frau verloren und er durfte nicht zu ihr. Würde es ihren Kampf um diese Patienten nicht doch verbessern, wenn sie die Verwandten hereinlassen würden? Wenn diese am Bett der

Schwerkranken sein dürften, ihre Hand halten, mit ihnen reden. Vielleicht drang ja doch etwas durch die tiefen Narkosen, in die sie die Patienten versenkten. Sie sammelten Erfahrung mit der ECMO, ein unvergleichlicher Lernprozess, in einigen Monaten würden sie wahrscheinlich einigermaßen einschätzen können, für welche Patienten sich die Initiierung einer ECMO überhaupt lohnte. Bis heute schien ihm dies unkalkulierbar. Er hatte kein Gefühl dafür, wer von ihnen eine Chance hatte, es zu schaffen. Sein Blick streifte Rosa. Sie seien Namenspartner hatte sie gesagt. Sie musste es einfach schaffen. Obwohl für sie der Weg zurück in die Normalität noch viel härter sein würde als für alle anderen. Wo würde es eine Rehaklinik geben, die sich mit Taubblinden auskannte? Er schob den Gedanken zur Seite, erstmal war es seine Aufgabe, sie überhaupt durchzubringen. In den letzten Tagen hatte es nicht besonders gut ausgesehen. Sie warteten ungeduldig, ob sich endlich ein kleines Zeichen der Besserung zeigen würde, ein Licht am Ende dieses langen Tunnels. Formal hatte er nur die Maschinen gecheckt, die sie am Leben hielten. Tatsächlich glitt seine Hand sanft über ihre, bevor er das Zimmer verließ.

Rosen hatte Spätdienst, es war einer der wenigen etwas ruhigeren Abende. Er griff zum Handy für seinen täglichen Rapport.

Hallo Herr Treppin.
Die Antwort kam prompt: *Hallo Herr Dr. Rosen. Wie geht es Rosa?*
Nicht besser, aber auch nicht schlechter als gestern.
Ok.

Herr Treppin, ihr Körper braucht sehr viel Unterstützung, um sie zu halten.
Mehr als gestern?
Ein wenig. Es tut mir so leid. Ich würde mich gern endlich mit guten Nachrichten bei Ihnen melden.
Aber noch ist es nicht soweit?
Ja, noch ist es nicht soweit.
Rosa kämpft. Immer.

Rosen lächelte traurig. Er wusste, dass er sich zu nah an diese Patientin, und an ihren Mann, begeben hatte. Aber ab und zu, ganz vereinzelt, passierte es eben. Er glaubte immer noch, etwas Gutes zu tun, wenn er mit dem Ehemann direkt Kontakt aufnahm. Alle seine Kollegen telefonierten einmal am Tag kurz mit der Schwägerin. Ob die Informationen überhaupt zu ihm gelangten? Er würde den direkten Kontakt wollen, wenn seine Frau hier läge. Also schrieb er weiterhin jeden Abend.

Und Sie selbst? Halten Sie durch? Ist es nicht der pure Stress mit zwei kleinen Kindern?
Ich muss.
Arbeiten Sie oder sind Sie zu Hause?
Ich arbeite. Sonst... es ginge nicht.
Sonst fiele Ihnen die Decke auf den Kopf?
Sagt man so?
Ja, es ist eine Floskel.
Ok. Passen Sie gut auf Rosa auf.
Ja, das tun wir. Gute Nacht.
Gute Nacht.

Gregor legte das Handy zur Seite und wandte sich wieder dem Holzstück zu. Er hatte, neben den üblichen gekauften

Weihnachtsgeschenken, eine Idee gehabt, was er seinen Kindern wirklich schenken wollte. Mia sollte ein Bild von Rosa bekommen und Leo eine kleine, geschnitzte Statue. Er verbrachte die Nächte mit der Herstellung dieser Geschenke. Inzwischen war klar, dass Rosa selbst nicht Weihnachten mit ihnen verbringen könnte. Gregor hatte das im Laufe des letzten Wochenendes irgendwann vor sich selbst zugeben können und begonnen, Weihnachten vorzubereiten. Er war mit beiden Kindern einen Tannenbaum kaufen gegangen. Mias leuchtende Augen, Leos Hände und seine kleine Nase mitten in den Tannenzweigen hatten ihm gezeigt, wie richtig dieser Entschluss gewesen war.

Das Leben musste weitergehen. Im Moment ohne Rosa, die all ihre Kraft brauchte, um wieder gesund zu werden. Er würde die Zeit nutzen und für die Kinder da sein. Er würde es schon schaffen. Sie musste sich auch anstrengen. Wenn sie wieder aufwachte, würde alles erstmal unendlich schwierig für sie sein. Aber sie würde es hinbekommen. Sie hatte immer alles hinbekommen. Er würde ihr zur Seite stehen.

In der Zwischenzeit war er für seine Kinder da. Und er blieb wach. Er würde sich nicht wieder so gehen lassen, wie am letzten Sonntag, als er bei Sophia einfach eingeschlafen war. Er schaffte es tatsächlich, seinen Nachtschlaf auf etwa zwei Stunden zu reduzieren. Er träumte nicht in dieser Zeit, er fiel in ein dunkles, stilles, traumloses Loch, um Kraft für den nächsten Tag zu schöpfen. In den zweiundzwanzig Stunden des Tages, die er wach zubrachte, weilten seine Gedanken jede einzelne Sekunde bei Rosa. Er würde sie nicht loslassen. Sie musste weitermachen. Sie musste doch zu ihnen zurückkommen.

Seine Finger fuhren über die Konturen des dunklen Holzes, das langsam die Gestalt von Rosa annahm, im Schaukelstuhl sitzend, Leo auf ihrem Schoß, an sie gekuschelt. So hatten sie Stunden um Stunden gesessen, in der Quarantäne, als es ihr noch gut gegangen war. Er glaubte, dass sie Leo damals Geschichten erzählt hatte.

Den Dreiundzwanzigsten hatte er sich freigenommen. Er hatte Mia und Leo bei Sophia untergebracht, war einkaufen gegangen und hatte die obligatorischen Geschenke eingepackt. Den Tannenbaum hereingeholt und von seinem Netz befreit, damit er etwas Zeit bekäme, seine Äste wie Flügel auszubreiten.

Als am späten Nachmittag alles so weit sortiert war, gönnte er sich ein paar Minuten. Er öffnete Rosas Kleiderschrank, die Augen geschlossen glitten seine Hände über die Stapel von Pullovern. Er zog einen schwarzen Wollpullover mit einem Muster aus rosa Sternen heraus und versenkte sein Gesicht in dem weichen Stoff. Vorsichtig sog er ihren Duft ein und ließ sich zurücktragen.

An diesem Tag vor einem Jahr hatte sie den Pulli getragen. Wie heute hatten sie die Kinder abgegeben und sich ein wenig Zeit für ihre Zweisamkeit genommen. Sie waren hoch an die Ostsee gefahren, notgedrungen schweigsam und jeder seinen Gedanken nachhängend. Er war mit ihr zum Brodtner Steilufer gefahren, inzwischen bekanntes Terrain auch für Rosa. Als sie ausstieg, sah er, wie sie sich streckte und die frische Winterluft einsog. Sie blieb an der geschlossenen Autotür stehen, ihren Stock gezückt, die Hand ausgestreckt, wartend, dass er zu ihr herumkommen und sie ergreifen würde. Als er sie nur ganz leicht berührte, griff sie fest nach seiner Hand und zog ihn zu sich heran in eine Umarmung, der Stock irgendwo zwischen ihnen, die Hände zwischen ihren Körpern.

»Gregor, ich liebe dich.«

Er hatte in seinem Schweigen verharrt und über ihre Hand gestrichen. Wie immer hatte sie mehr Worte als er. Sie waren gelaufen, Arm in Arm, ihr Stock in einem routinierten sicheren Schwung wies ihnen den Weg. Sie hatte plötzlich gestoppt und sich ihm zugewandt, wie sie es tat, wenn sie wollte, dass er von ihren Lippen las:

»Warte mal. Mach auch die Augen zu. Zur Abwechslung führe ich dich. Ok? Möchtest du es versuchen?«

Er hatte ihre Hand genommen, sie an sein lächelnd zustimmendes Gesicht gehalten und die Herausforderung angenommen. Er schloss die Augen. Er spürte die Sonne von schräg vorne auf sein Gesicht fallen, der kalte Wind von links vom Wasser prickelte auf seiner Wange.

Ihre Hand in seiner: *»Gehen wir?«*

»Ja.«

Es war ein komplett ungewohntes Gefühl. Er kannte den Weg, wusste, dass er sich geradeaus vor ihnen erstreckte. Rosas sichere Pose an seiner Seite rückversicherte ihn. Sonst fühlte er sich hilflos, wie in einer leeren, öden Ebene, die nichtssagend um ihn herumlag.

Unsicher setzte er einen Fuß vor den anderen. Der Weg war etwas uneben, er war ihn so oft gelaufen, dass er um herumliegende Stöcker und Baumwurzeln wusste. Rosa nahm etwas Tempo auf, ihn sicher führend. Langsam kamen sie in einen Rhythmus. Er begann, innerlich seine Schritte zu zählen.

»Hier, nimm mal den Stock. Spür, was für einen Unterschied er macht.«

Sie drückte ihm das lange, schlanke Teil in die Hand, das abgegriffene Gummi des Griffs, der Rosas Handform angenommen zu haben schien. Sie war Rechtshänderin, er nicht. Seine Linkshändigkeit jetzt praktisch, weil er seinen rechten Arm um sie gelegt hatte. Vorsichtig brachte den Stock in einem Winkel von etwa 120° vor ihren Körpern zum Schwingen, wie er es bei Rosa immer wieder gesehen hatte. Er spürte es sofort, der Stock war wie ein Radar, er vergrößerte den Radius in einer dunklen leeren Welt und ließ ihn sicherer laufen, mit weniger Angst in etwas oder einen anderen Menschen hineinzulaufen. Unebenheiten auf dem Boden konnte man so auch wahrnehmen. Er musste lächeln und schwang weiter, nicht so elegant und sicher wie Rosa. Nach ein paar Metern stoppte er und nahm sie in den Arm, mitten auf dem Weg, die Augen weiter geschlossen, unklar, ob um sie herum andere Menschen sein würden. Seine Finger buchstabierend in ihrer Hand.

»Ich verstehe. Er ist etwas Besonderes für dich.«

»Naja, sagen wir mal, wichtig für die Mobilität. Großer Teil des Trainings damals. Sehr hilfreich. Für Leo müssen wir bald auch einen besorgen. Er wird es lieben.«

»Wann hattest du deinen ersten?«

Er spürte, wie sie tief Luft holte.

»Erst mit sechs. Meine Eltern haben über diese Dinge nicht gut genug nachgedacht. Sie haben mich immer unterstützt, aber mich ungern Dinge selbst machen lassen. Sie hatten immer Angst. Der Blindenstock ließ meine Behinderung zu sichtbar werden. Die Schule war ein Segen.«

Er strich besänftigend über ihren Rücken.

»Laufen wir weiter? Darf ich mein Sehen wieder nutzen?«

Sie hatte lachend zugestimmt und sie waren schneller ausgeschritten, bis er irgendwann gestoppt hatte und sie ihre Gesichter dem Wind und dem Meer zugewandt hatten. Wieder spürte er, wie sie tief die frische Luft einsog. Sein Blick glitt über das plane blau-graue Wasser, das ruhig in der Wintersonne lag.

»Was siehst du, Gregor?«

Am Anfang hatte ihm diese Frage Angst eingejagt. Sie hatte ihn immer wieder gefragt, wartend auf wortgewandte Beschreibungen, die er ihr nicht liefern konnte. Was er sah, war nicht in Worten in seinem Kopf. Es waren Bilder, sein Kopf konnte sie perfekt abspeichern, sein photographisches Gedächtnis war ein Teil seiner künstlerischen Begabung, aber die Bilder hatten keine Worte. Es gab keine Beschreibungen. Er hatte sie so oft mit Schweigen abgespeist, dass sie vorsichtiger mit dieser Frage geworden war. Sie hatte ihn nie drängen wollen zu etwas, das er nicht beherrschte. Anfangs hatte sie ihm diese Frage naiv gestellt, wie allen anderen auch. Sie dachte an die Beschreibungen der anderen, die sie angenommen, in Worten abgespeichert, aber manchmal, oft, nicht wirklich verstanden hatte. Was sollte ihr das sagen: die Sterne leuchten am Himmel? Sogar in ihren eigenen Texten waren zunächst viele visuelle Formulierungen gewesen, bis ein Professor in Harvard sie herausgefordert hatte. Die in der Ferne funkelnden Sterne – Rosa, sagt dir das überhaupt etwas? Sind das wirklich deine Worte? Die Fragen hatten sie nachdenklich gemacht, auch traurig, aber schließlich waren sie es gewesen, die ihrem Schreiben die entscheidende Wendung gegeben hatte. Sie hatte ihre eigenen Worte genutzt, die Erfahrungen, die sie machte auf ihre Weise beschrieben und ihre Texte waren besser, authentischer, schließlich sehr erfolgreich geworden. Sie hatte all die Zeit mit diesen Gedanken verbracht, bis Gregor sich zu einer Antwort aufgerafft hatte. Sie hatte ihm später im Café erzählt, was ihr alles durch den Kopf gegangen war, während sie geduldig auf ihn gewartet hatte. Sein Blick hatte auf dem kaum bewegten Wasser und dem blassblauen Winterhorizont geruht. Er war zum Strand mit den vielen großen Findlingen am Ufer und dem Holzsteg zurückgewandert, der grüne Tang, der im flachen Wasser hin und her wirbelte und an einigen Stellen am Strand in großen Konglomeraten vertrocknend lag. Der helle, feine Sand. Sein Blick glitt weiter, die Steilküste, die Wand vom Wind und den Hochwassern wie angeknabbert, entwurzelte Bäume, die schief in den Angeln hingen, die Grasnarbe, die sich über die Kante lehnte. Sein Blick wanderte weiter, die Küste entlang, den Weg, den sie eben genommen hatten, bis zu Rosa neben ihm, in ihrer grauen Weste, darunter der schwarze Pullover mit den rosa Sternen. Er zog sie näher zu sich heran. Ihre Frage… wie sollte er ihr nur antworten? Langsam hatte er ihre Hand in seine genommen und geführt. Ihre Arme beschrieben gemeinsam die Halbkugel des Horizonts, der in der Ferne, soweit weg, wie ihre Arme reichten, mit der Fläche des Meeres verschmolz. Er zog die Fläche bis kurz vor ihre Körper, formte dann ihre Hand in die großen Findlinge, seine eigene als den Steg, der darüber führte. Der flache, etwas wellige Strand, und dann abrupt, die steil nach oben ragende Küste. Er stoppte die Bewegung an ihrem Kinn, seine Hand löste sich von ihr und verweilte an ihrer Wange. Er ließ sie das Erzählte auskosten, fühlte, wie sie der

Bewegung nachspürte, einen Moment ganz für sich. Schließlich ihr Lächeln.

»Gregor, glitzert die Sonne auf dem Meer?«

Er hatte sich ihr erstaunt zugewandt, selbst noch gefangen in dem, was er sie zusammen mit ihren Händen hatte beschreiben lassen. Sein Blick glitt erneut über das Meer: *»Ja.«*

Er war traurig gewesen, dass sie ihn so rasch wieder in die Welt der Worte gerissen hatte und ein bisschen irritiert. Sie hatte sich an ihn geschmiegt und war schüchtern, wie es ihr eigentlich kaum entsprach, noch etwas losgeworden.

»Sie beschreiben es immer wieder.«

»Wer?«

»Autoren. Die, die sehen können. Es klingt schön.«

Er wartete ab.

»Gregor, glitzern – was bedeutet das?«

Wieder hatte er sich Zeit genommen. Schließlich hatte er den Ärmel ihres Pullovers bis über den Ellbogen hochgeschoben. Seine Hand strich kräftig und plan, wie ein großer Pinsel, über ihren Unterarm. Er hatte buchstabiert: *»Farbe, Fläche normal.«*

Sie hatte genickt.

»Jetzt: glitzern«, er hatte noch einen Moment gewartet, dann waren seine Finger über ihren Unterarm gewandert, in einem Rhythmus und einer Leichtigkeit wie Rosa ihr Braille tippte. Rosa hatte lachen müssen.

»Das kitzelt«, ihr waren die Worte so rausgerutscht und er hatte sie auf ihren Lippen erhascht. Glitzern war wie Kitzeln. Engumschlungen und in Schweigen hatten sie sich auf den Rückweg gemacht und sich noch in einem Café mit heißer Schokolade aufgewärmt.

Als Gregor wieder auftauchte, war der Pulli in seinen Händen so nass wie sein Gesicht. Rosa, du darfst nicht gehen. Die Nachrichten von Rosen klangen nicht gut, ihnen fehlte zunehmend die Hoffnung. Sollte es das wirklich schon gewesen sein? Würde sie gehen? Für immer? Was konnte er tun, um sie zu halten? Gab es irgendetwas, das in seiner Macht stand? Würde sie sein Sehnen spüren?

Er nahm den Pullover und hängte ihn ordentlich über Rosas Stuhl im Schlafzimmer zum Trocknen. Als er im Hinausgehen einen Blick zurückwarf, sah das Zimmer so aus, als sei sie gerade noch hier gewesen. Mit einem tonlosen Stöhnen zog er seine Winterjacke an, griff nach dem Schlüssel, den er auf dem Schränkchen hatte liegen lassen, schlüpfte in seine Schuhe und zur Haustür hinaus. Er würde noch die wenigen Minuten des Fußwegs in der Kälte und Dunkelheit vor sich haben, bevor er sich wieder anderen Menschen und Gesprächen würde stellen müssen.

Auf sein Klingeln öffnete Sophia sofort. Wieder ihr musternder Blick mit der ungestellten Frage.

»Gregor, komm doch für einen Moment rein. Wir schmücken gerade unseren Tannenbaum mit deinen Kindern.«

Schweigend entledigte er sich seiner Jacke und folgte Sophia durch den Flur. Im Türrahmen des Wohnzimmers verharrte er und umriss die Situation. Ben hockte auf dem Boden neben Leo, der einen Strohstern mit seinen Händen untersuchte. Der Kleine wandte sich an Ben und fragte etwas, das Ben mit einem taktilen Ja beantwortete, dann hängten sie gemeinsam den Stern in den Baum. Mia balancierte auf einem Stuhl und stülpte einen Faden, an dem eine rote Kugel baumelte, über einen Zweig. Sophia stand hinter ihr und machte sie darauf aufmerksam, dass der Papa gekommen war. Mia drehte sich mit einem Strahlen zu ihm um: »*Schau mal, Papa, wir dürfen den Tannenbaum mit schmücken.*«

Sein Herz schmerzte, aber er ging mit einem Lächeln auf sie zu, öffnete die Arme und ließ sie von ihrem Stuhl in seine Umarmung hüpfen. Mia schmiegte sich kurz an ihn, nahm dann Abstand, damit sie sich ansehen konnten: »*Ist morgen wirklich schon Weihnachten?*«

Er nickte und sah besorgt, wie sich ein trauriger Schleier über ihr kleines Gesicht legte: »*Und Mama? Sie kann nicht mit uns feiern dieses Jahr, oder?*«

»*Nein, Mia, sie ist sehr krank.*«

»*Weißt du was, Papa? Wir holen Weihnachten nach, wenn es Mama wieder besser geht. Okay?*«

Gregor warf Sophia einen fragenden Blick über Mias Kopf hinweg zu. Waren Mias Worte die von Sophia? Hatte Sophia auf diese Weise versucht, seinen Kindern das Fehlen von Rosa erträglicher zu machen? Er strich Mia über den Rücken und enthielt sich einer Antwort.

Sophia bedeutete ihm, sich noch einen Moment zu setzen.

»*Sag mal, hast du Mamas Nachrichten eigentlich gelesen? Sie wartet auf deine Antwort.*«

Gregor war zusammengezuckt. Sein schlechtes Gewissen hatte sich gemeldet. In seiner Box türmten sich ungelesene Nachrichten. Er las nur die von Dr. Rosen zuverlässig. Für alles andere machte er sich vor, dass ihm die Zeit fehlte, tatsächlich war es ihm schlicht und einfach zu viel.

»Nein, habe ich... gar nicht geschafft. Warum?«

»Die ganze Weihnachtsaktion«, als er auf sein Handy sehen wollte, hielt sie ihn davon ab, *»lass, jetzt kann ich es dir schnell erzählen. Wir wollten die Weihnachtsplanung mit dir besprechen. Wir haben uns alle letzte Woche noch zurückgehalten, wegen Rosa. Aber jetzt...«,* ihre Hände wurden langsam, zögerlich, sie hatte ihn ganz genau im Blick, *»wo klar ist, dass Rosa nicht mitfeiern kann, haben wir im Hintergrund Weihnachten geplant und wollten dich fragen, ob es dir so recht ist.«*

Er hatte sich auf das Sofa zurücksinken lassen und streichelte Mia, die es sich auf seinem Schoß gemütlich gemacht hatte, unbewusst den Bauch. Er schwieg und folgte den Worten seiner Schwester.

»Mama hat vorgeschlagen, dass wir bei ihnen feiern wie immer. Wir wollen aber trotzdem die Corona-Regeln einhalten. Es fühlt sich nicht richtig an, sie zu brechen, wenn wir an Rosa gerade sehen, wie schlimm es werden kann. Auf der anderen Seite wollen wir alle auf keinen Fall, dass du mit Mia und Leo allein zu Hause bist. Die Idee ist, dass Vera, Alexander, du und ich morgen zu Mama und Papa gehen. Alexander bringt seine Jungs mit. Seine Frau fährt zu ihren Eltern. Ben und Bennet, die Übriggebliebenen, machen sich einen netten Abend zu zweit«, sie musterte ihren Bruder, *»was denkst du?«*

Gregor suchte den Blick seines Schwagers, der ihm gegenüber mit Leo auf dem Schoß Platz genommen hatte: *»Ist es denn okay für Bennet und dich und Sarah?«*

Ben nickte: *»Sicher, Gregor. Es ist kein Problem. Für deine Kinder soll es sich wenigstens etwas nach Weihnachten anfühlen. Das schien uns allen wichtig.«*

Gregor wandte den Blick ab, er musste die Zähne zusammenbeißen, damit er nicht vor Mia in Tränen ausbrach. Nach wenigen Augenblicken hatte er sich wieder im Griff.

»*Es ist eine liebe Idee. Wir... nehmen das sehr gerne an. Plant Mama alles so zu machen wie immer?*«

Sophia lächelte, rückte zu ihm heran und nahm in kurz in den Arm: »*Bestimmt. Du kennst sie doch, sie wird sich das nicht nehmen lassen. Ich telefoniere gleich noch mit ihr und gebe ihr Bescheid, ok?*«

Er hatte nur genickt. Er hatte gedacht, dass sie fertig wäre, aber sie fuhr noch fort.

»*Wenn du ihre Nachrichten nicht gelesen hast... sie hat mit Rosas Mutter vor ein paar Tagen lange telefoniert. Rosas Familie kann nicht kommen. Auch Rosas Vater liegt mit einer schweren Corona-Infektion in Kolumbien im Krankenhaus.*«

»*Was? Wie lange schon?*«

»*Wohl schon über sechs Wochen.*«

»*Sophia, sie haben sich bei uns nicht gemeldet. Wir wussten von nichts, auch Rosa nicht. Sie hätte es sonst erzählt.*«

»*Du hast sie auch nicht kontaktiert, Gregor.*«

»*Ich weiß. Ich... habe es vergessen. Es ist alles zu viel. Du siehst ja, dass ich nicht einmal Mamas Nachrichten lese. Aber Rosas Mutter – sie hat sicher nicht geschrieben, um Rosa zu schützen, so wie immer... Geht es dem Vater sehr schlecht?*«

»*Ich weiß es nicht genau, Gregor. Du kannst morgen Mama fragen, sie telefoniert regelmäßig mit Rosas Mutter.*«

»*Okay.*«

Auf dem Nachhauseweg in der dunklen, kalten Nacht, den müden Leo auf seinem Arm, war er nachdenklich gewesen. Er sollte Rosas Mutter und ihrer Schwester schreiben. Warum hatten sie das nicht getan? Rosas Vater kämpfte am anderen Ende der Welt an der gleichen Front wie seine Tochter? Es war eine erschreckende Vorstellung.

Es war schwierig gewesen, Leo und Mia ins Bett zu bekommen. Sie waren aufgedreht in ihrer Vorfreude auf Weihnachten. Auch Leo hatte dies verstanden, Sophia hatte ihn offenbar genauestens informiert. Andererseits fehlte Rosa. Morgen wäre Weihnachten, und Rosa würde nicht da sein. Natürlich spürten auch seine Kinder, so klein sie waren, dass irgendetwas überhaupt nicht stimmte. Sie hatten das Abendbrot- und Badewannen-Programm hinter sich gebracht, und er wollte gerade beginnen, seine allabendliche Geschichte zu erzählen, als Leo auf seinem Schoß anfing zu weinen. Sein Weinen machte das Mundbild so verzerrt, dass Gregor keine Chance auf ein Verstehen hatte. Leo frustrierte das zusätzlich, schließlich nur die kleine Hand, verzweifelt an seiner Wange: »*Mama, Mama, Mama*«, wie am Abend, als die Sanitäter mit Rosa die Wohnung verlassen hatten. Mia hatte das Angst gemacht und auch sie begann zu weinen. Er hatte nicht gewusst, was er tun sollte. Sie blieben auf dem Sofa sitzen und er wiegte beide Kinder auf seinem Schoß, hin und her, hin und her. Das Schaukeln, der Rhythmus ließ sie schließlich ruhiger werden, Leo schlief irgendwann in seinen Armen ein. Gregor trug ihn ins Schlafzimmer, Mia hielt sich dicht an ihn und sie flohen zu dritt in das große Bett. Er blieb bei ihnen, bis auch Mia ihr unruhiges Wälzen und Aufschrecken abstellte, dann schlich er sich aus dem

Zimmer. Er würde noch den Weihnachtsbaum schmücken müssen. Es war spät und er war völlig erschöpft, aber ein ungeschmückter Tannenbaum zu Weihnachten, das konnte er Mia und Leo nicht antun.

Er kletterte im Flur auf einen Stuhl und holte die Kisten und Kartons aus den obersten Einbauschränken hervor. Gedanken an Rosa und ihr ambivalentes Verhältnis zu Weihnachtsbäumen rannen ihm dabei durch den Kopf.

In ihrem ersten Winter in Washington hatte er sie vor Weihnachten gefragt, ob sie einen kleinen Weihnachtsbaum für ihr Zimmer erstehen sollten. Er hatte eigentlich mit einem begeisterten Zuspruch von ihrer Seite gerechnet. Rosa war für all diese Dinge, die Routinen und Gewohnheiten zu haben, aber sie war verhalten gewesen. Sie saßen an ihrem Tisch.
»*Rosa, was ist? Du möchtest keinen Baum? Warum?*«
Sie war ausgewichen. Nicht ihre Art. Er tastete sich weiter vor.
»*Euer Tannenbaum zu Hause – bestimmt ganz groß, oder?*«
Nach den Buchstaben des ersten Halbsatzes hatten seine Hände einen riesigen Tannenbaum in die Luft gemalt, es hatte sie endlich zum Schmunzeln gebracht.
»*Groß, ja. Aber mehr kann ich dir zu unserem Baum zu Hause nicht sagen. Er war aus Plastik, kein Tannenbaumgeruch. Wie sie ihn geschmückt haben – keine Ahnung.*«
»*Warum?*«
»*Ich durfte nie nah ran.*«

Es hatte ihm die Sprache verschlagen. Er hatte sie am nächsten Tag zu einem Tannenbaumhändler entführt, ihre Hände an vielen Bäumen entlanggleiten lassen, und sie entscheiden lassen, welcher Baum es sein sollte. Noch einen Tag später hatte er sie in ein Geschäft geschleppt, das nur Tannenbaumschmuck verkaufte. Er hatte ihr Stück um Stück, Kugeln, Engel, Sterne, Weihnachtsmänner, in die Hand gedrückt und sie aussuchen lassen, welche Anhänger an ihren Baum sollten. Es war ein kleiner Baum geworden. Sie hatten gemeinsam einen Anhänger nach dem anderen in seinen Ästen hinterlassen, ganz wie Rosa es wollte. Nur für die Lichter war Gregor allein verantwortlich gewesen. Er öffnete gerade eine der Schachteln und holte einen goldenen Stern aus jenem ersten Winter in Washington heraus, als sein Handy summte. Seine Hand schloss sich um den Anhänger, während er mit der anderen die Nachricht von Rosen öffnete.

Herr Treppin?
Hallo Herr Dr. Rosen. Wie geht es Rosa?
Die Antwort ließ so lange auf sich warten, dass sich Gregors Herz zusammenzog.
Sie... wird zunehmend instabil. Die Blutgasanalysen verschlechtern sich. Sie wird immer saurer.
Gregors Hand schloss sich so fest um den Stern, dass die Zacken sich in seine Handfläche bohrten.
Sie müssen mehr puffern?
Das ist nicht alles. Wir sind am Limit, es gibt nicht mehr viel, was wir zusätzlich für sie tun können.
Aber es gibt noch etwas?
Nein, eigentlich nicht. Entweder sie findet allein aus diesem Loch oder...

Gregor wartete fiebernd auf die Fortsetzung.
Ich weiß nicht, ob sie es noch schaffen kann.
Sie braucht ein Wunder?
Ja.
Gregor ertrug keine weiteren Worte.
Danke, dass sie sich gemeldet haben.
Ja, warten Sie, Herr Treppin, bevor Sie das Handy zur Seite legen. Ich hatte heute Spätdienst. Gehe jetzt nach Hause. Morgen habe ich Frühdienst. Ab acht Uhr, ich schreibe Ihnen gleich morgen früh, wie die Nacht war. Ok?
Okay. Gute Nacht. Und danke.
Gute Nacht.

Heimboldt sah den jungen Assistenzarzt erschöpft vor seinem Schreibtisch sitzen und Löcher in die Luft starren. Schwer ließ er sich auf einen Stuhl ihm gegenüber fallen.

»Na, Rosen, alles ganz schön beschissen, was? Was ist das nur für ein Weihnachten dieses Jahr.«

»Ja.«

Heimboldt wies auf das Handy in Rosens Hand, dessen Nachrichtenseite noch geöffnet war: »Schreiben Sie immer noch regelmäßig dem Mann von Frau Treppin?«

»Ja, wir müssen ihn doch informieren. Ich finde es unfair, wenn alle immer nur seine Schwester anrufen. Er hat doch ein Recht, direkt zu erfahren, wie es seiner Frau geht.«

»Bedrängt er sie per SMS?«

»Nein, überhaupt nicht. Er hat noch kein einziges Mal von sich aus geschrieben. Ich glaube aber, dass er auf meine Nachrichten wartet.«

»Der Verlauf dieser Patientin macht uns allen zu schaffen. Passen Sie auf sich auf, ja?«

»Ja, das mache ich schon. Keine Sorge.«

»Jetzt sehen Sie mal zu, dass Sie nach Hause zu Ihrer Familie kommen. Morgen früh müssen Sie wieder hier auf der Matte stehen. Ich bleibe noch, vielleicht kann ich ihre ECMO doch noch irgendwie optimieren.«

»Und wenn nicht?«

»Sie wissen, wie es läuft. Wenn sie nicht bald die Kurve kriegt, müssen wir es beenden. So schwer es immer wieder ist.«

»Es ist grausam. Wir werden zu Hütern über Leben und Tod.«

»Aber ohne die ganze Maschinerie wäre sie schon längst nicht mehr.«

»Ich weiß.«

Der nächste Notfallalarm beendete das Gespräch.

Heiligabend

Gregor war nach dem Austausch mit Rosen durcheinander. Er versuchte, die Worte, die dieser geschrieben hatte aus seinem Gedächtnis zu löschen. Er wollte sie einfach nicht gelesen haben, als seien sie dann weniger wahr. An schlafen war nicht zu denken. Er hatte sich ins Arbeitszimmer begeben. Seine Hand hatte blind nach der Statue für Leo gegriffen und seine Finger hatten ihren Konturen nachgespürt, zeitgleich hatte er sich dem großen Gemälde für Mia zugewandt.

Sie waren im Wald spazieren gegangen, Leo noch in der Kinderkarre, Mia auf Entdeckungsreise. Sie hatte Steine, Tannenzapfen, Eicheln aufgesammelt und war immer wieder damit zu ihnen zurückgekommen. Sie hatte Rosa die Dinge betasten lassen, während sie ihm erzählt hatte, wo sie was gefunden hatte. Sie waren an einem großen, liegenden Baumstamm vorbeigekommen und Mia hatte gefragt, ob sie balancieren dürfte. Mia war erst an seiner Hand, schließlich allein mehrmals auf dem breiten Stamm hin und her stolziert. Er hatte Rosa im Arm gehabt und ihr berichtet, was ihre Tochter trieb. Sie balanciert? Er hatte bejaht und nach kurzer Zeit ein schelmisches Lächeln in Rosas Gesicht entdeckt: Zeig mir, wo sie ist. Hilf mir hoch. Ich habe das solange nicht mehr gemacht. Er war skeptisch gewesen. Rosa, der Baumstamm ist relativ hoch. Zeig es mir. Er hatte sie hingeführt, einen Blick zurück zu Leo, der schlafend in der Karre lag. Rosa war mit ihren Händen an dem Baumstamm entlanggefahren, von Anfang bis Ende. Mia hatte Rosa skeptisch beobachtet. Papa, was macht Mama da? Er hatte ihr die Worte grinsend zugeworfen: Ich glaube, sie möchte zu dir hoch. Er wusste, dass er Rosa nicht umstimmen konnte, wenn sich eine verrückte Idee in ihr festgesetzt hatte. Also hatte er ihr schließlich hochgeholfen, und sie war losbalanciert. Sie hatte vorsichtig tastend einen Fuß vor den anderen gesetzt und er hatte sie an der Hand gehalten und sich wie ein Kavalier gefühlt, der sie zum Tanz führte. Mia hatte ihre Mutter lachend beobachtet, ein paar Worte zu ihm geschickt: Papa, Mama kann das auch. Cool! Und sie war auf Rosa zu balanciert. Als sie sich in der Mitte des Baumstamms trafen, reichte Mia ihr ihre kleinen Hände. Sie hatten den Rest des Weges gemeinsam gemacht. Rosa balancierte an den Händen der rückwärts laufenden Mia bis zum Ende des Baumstamms und hüpfte schließlich herunter und hatte Mia lachend im Arm…

Er hatte das Bild der beiden, wie sie mit ausgestreckten Armen sich über die Distanz zu fassen bekommen hatten und sich auf den Weg machten, auf die Leinwand gebannt. Im Hintergrund der Wald, in dem sie so häufig spazieren gingen, mit Bäumen, die Blätter in allen Farben des Spätherbstes trugen.

Schließlich verließ Gregor das Arbeitszimmer und die Geschenke für seine Kinder, die Rosa repräsentierten, und begab sich ins Wohnzimmer. Er schob seine Ängste und die

Erinnerungen zur Seite und begann den Tannenbaum zu schmücken, erst die Lichter, dann die goldenen und roten Kugeln und all die verschiedenen Anhänger, die sie gesammelt hatten. Er wusste von jedem einzelnen, wo sie ihn erstanden oder von wem sie sie geschenkt bekommen hatten. Immer wieder fuhr er mit geschlossenen Augen die Konturen der Anhänger nach, all die verschiedenen Formen, jeden einzelnen konnte er, ohne hinzusehen, zuordnen. Die farbigen Kugeln waren spiegelnd-blank, matt und glitzernd. Rosa hatte die unterschiedliche Textur gefallen und sie hatte immer auf die Sortierung der Kugeln am Baum geachtet. Er nahm den letzten Anhänger aus dem roten Schuhkarton, eine Holzfigur in Form eines Weihnachtsmanns mit einem schweren Sack auf dem Rücken, nur einige Zentimeter groß, er fand seinen Ort ziemlich weit oben in den Zweigen. Als Gregor die Kartons und das Seidenpapier zusammenpackte, entdeckte er noch eine der glitzernden, roten Kugeln, die unter das Papier gerollt sein musste. Er drehte die Kugel in der Hand, das Licht spiegelte sich in dem aufgesprühten Glitzer der Weihnachtskugel. Seine Finger spielten auf der rauen Oberfläche. Glitzern…

Plötzlich durchfuhr ihn ein Schmerz mit einer unerträglichen Gewalt. Als würde ein unsichtbares Etwas ein Stück aus ihm herausreißen. Seine Lippen öffneten sich zu einem tonlosen, verzweifelten Schrei. Seine Hand ballte sich unwillkürlich zur Faust und der Schmerz explodierte darin in allen Farben. Nach Luft ringend fiel er auf die Knie. Dieser Schmerz, was war das? Was…

So plötzlich wie es begonnen hatte, war es vorbei. Gregor tauchte auf aus den schwarzen Tiefen des wallenden

Schmerzes. Als er auf seine rechte Hand blickte, war die Weihnachtskugel darin zersplittert. Die glitzernd roten Scherben hatten sich wie Stachel tief in sein Fleisch gegraben. Er starrte auf seine verletzte Hand und verzog schmerzverzerrt das Gesicht. Das Blut tropfte auf den Boden. Mühsam rappelte er sich von den Knien hoch und stolperte wie betäubt in die Küche. Er hielt seine schmerzende Hand in die Spüle. Das eiskalte Wasser ließ den Schmerz dumpf werden, bis sich die ganze Hand taub anfühlte. Er zog sachte einen Splitter nach dem anderen aus seiner Handinnenfläche, die sich wie eine Landschaft, die von blutroten Flüssen durchzogen war, darstellte. Er kühlte sie so lange, bis die Blutung einigermaßen stand, taumelte ins Badezimmer, durchwühlte eine Schublade nach Verbandsmaterial und versorgte, auf dem Klo sitzend, fachmännisch die Verletzung. Mechanisch ging er zurück in die Küche und das Wohnzimmer, um die Blutspuren zu entfernen.

Als die Spuren seines Unfalls beseitigt waren, öffnete er die Küchentür und trat hinaus in die nächtliche Kälte. Sein Blick haftete an einem Himmel voller funkelnder Sterne. Er konnte Rosa nicht mehr ausmachen. Er hoffte, dass sie da draußen, wo immer sie jetzt sein mochte, nicht ganz allein wäre, dass jemand auf sie warten und sich ihrer annehmen würde. Er wunderte sich, dass er selbst hier stand, in der Dunkelheit, er sah die Sterne am Himmel, er spürte die winterliche Kälte und den pochenden Schmerz in seiner Hand, die Luft trug einen Hauch von Schnee in sich.

Schließlich ging er zurück in die Küche und schloss leise die Terrassentür. Er tappte durch das Dunkel zum

Schlafzimmer und sah Mia und Leo ruhig schlafen. Er selbst zog sich zurück ins Wohnzimmer und löschte das Licht. Im Dunkeln legte er sich auf das Sofa, griff nach Rosas Decke und schmiegte sich in ihre Wärme und ihren Duft. Er dämmerte ein, darauf wartend, dass das Summen seines Handys ihn wecken würde.

Das Handy blieb still. Gregor erwachte in den frühen Morgenstunden und die Gewissheit packte ihn mit voller Härte. Rosa war gestorben. Er zog sein Handy hervor, in der festen Überzeugung, die entscheidende Nachricht verpasst zu haben, aber es hatte sich niemand gemeldet. Verwirrt starrte er auf das Display, dann auf die Uhrzeit. Fünf Uhr dreißig. Er seufzte. Er könnte aufstehen, er würde sich bereithalten für das, was heute auf ihn zukam. Er schlüpfte unter der Decke hervor und schlich ins Badezimmer, drückte die Tür vorsichtig zu. Leo durfte auf keinen Fall aufwachen, er wäre sonst den ganzen Tag durcheinander und übermüdet. Gregor entledigte sich seiner Sachen, erstaunt, sah er, dass er offenbar in Jeans und Pulli geschlafen hatte. Die verbundene Hand. Verwirrt glitten seine Finger über den sorgfältig angebrachten Verband. Was war nur…? Dunkel drängten sich rote, glitzernde Splitter in seine Erinnerung. Er verpackte die Hand in Plastik, kletterte unter die Dusche und ließ das warme Wasser an seinem Körper, der sich anfühlte wie nach einem Marathonlauf, so erschöpft und ausgelaugt, herunterlaufen. Er hätte hinterher nicht sagen können, ob es eine rasche Neunzig-Sekunden-Dusche gewesen war oder ob er eine halbe Stunde in dem warmen Nass zugebracht hatte. Als er sich sitzend unter der laufenden Dusche wiederfand, fehlte ihm ein Stück der verflossenen Zeit. Abgetrocknet, mit dem Handtuch um den Bauch gewickelt schlich er ins Schlafzimmer. Bemüht die Kinder in ihren Träumen zu lassen, zog er im Halbdunkel eine ausgewaschene Jeans, ein schwarzes T-Shirt, Socken und Unterhose hervor. Auch in seinem Teil des Kleiderschranks herrschte eine peinliche Ordnung, blind konnte er den schwarzen Rollkragenpullover aus Kaschmir, den Rosa ihm letztes Jahr zu Weihnachten geschenkt hatte, identifizieren. Er zog auch diesen heraus und schlüpfte hinein. Trotz der warmen Dusche hatte sich eine Kälte in seinem Inneren ausgebreitet, die ihn zittern ließ. Er sehnte sich so nach Wärme. Zurück im Wohnzimmer, setzte er sich in Rosas Decke gehüllt auf das Sofa. Die Beine bis zum Kinn angezogen starrte er auf den Tannenbaum, dessen Konturen sich mehr und mehr in der grauen Dämmerung abzeichneten. Er wartete.

Rosen hatte an diesem Morgen mit einem ungut. Gefühl die Station betreten. Er hatte keinen gegrüßt und war auf seinen übermüdeten Nachtdienstkollegen zugesteuert. Er ließ sich neben ihm auf einem Stuhl nieder, um sich eine Übergabe geben zu lassen. Ein Guten Morgen oder Frohe Weihnachten brachte er heute nicht über die Lippen. Die letzten Tage waren so fürchterlich gewesen, angefüllt von Schrecklichkeiten, dass sie alle ausgelaugt waren. Aber heute Morgen drängte eine spezielle Frage in ihm an die Oberfläche. Er hatte Angst, sie zu stellen, aber sein Mund machte sich selbstständig.
»Hat Frau Treppin die Nacht überstanden?«
Sein Gegenüber, ein erfahrener Kollege, hatte ihm einen Blick zugeworfen und die Augenbrauen hochgezogen: »Sie… hat es nicht geschafft. Heute Nacht, es war gegen halb

zwei. Heimboldt war noch da. Er hat die ECMO ausgeschaltet. Er… kam mit Tränen in den Augen aus dem Zimmer. Ich… habe ihn noch nie weinen sehen.«

Rosen rieb sich die Augen und schwieg.

Sein Kollege fuhr fort: »Das verdammte Virus scheint vor nichts und niemandem halt zu machen.«

»Es ist nicht fair.«

»Was ist schon fair, Philipp?«

»Ich weiß. Habt ihr die Familie schon informiert?«

»Nein, es war mitten in der Nacht. Heimboldt meinte, du würdest das vielleicht tun wollen?«

»Hmm.«

»Ich kann sonst gern diese Schwägerin gleich anrufen. In der Nacht wollten wir keinen wecken. Es… bringt ja ohnehin nichts mehr.«

»Nein, schon gut. Ich schreibe dem Mann. Ich habe in den letzten Wochen jeden Tag mit ihm geschrieben und ihn auf dem Laufenden gehalten.«

»Wirklich?«

»Ja.«

»Heimboldt hat heute Nacht so etwas erzählt. Warum?«

Rosen zuckte die Schultern: »Lass uns erst Übergabe machen. Dann… schreibe ich ihm.«

Sie machten eine unkonzentrierte, rasche Übergabe, beide überfordert von all der Arbeit und dem Leid, das in den letzten Wochen über sie hereingebrochen war. Rosen drehte eine kurze Runde durch die Zimmer. Zuletzt blieb er vor der Nummer vier stehen. Der Körper von Frau Treppin war noch nicht abgeholt. Er wusste, dass es unüblich war, aber er betrat das Zimmer der jungen Frau.

Sie lag dort, frisch gewaschen und zurecht gemacht. Ohne alle die Schläuche, keine Beatmungsmaschine keuchte, der Monitor war schwarz und nichtssagend. Sie hatten ihr private Sachen angezogen. Ein blau-weiß gestreiftes langärmliges Shirt und eine dunkelblaue Hose. Die dunklen Haare umrahmten das Gesicht mit den Augen, die geschlossen waren. Sie sah friedlich aus. Ihre Hände, die Hände, die immer so aktiv gewesen waren, lagen ruhig neben ihrem Körper.

Leise schlich er sich wieder raus. Er nutzte die kurze ruhige Phase, meldete sich bei den Schwestern ab und zog sich in den Aufenthaltsraum zurück.

Er wog sein Handy lange in der Hand, bevor er sich entschließen konnte, mit dem Tippen zu beginnen. Was in aller Welt sollte er schreiben? Wie? Schließlich begann er wie immer.

Herr Treppin?
Die blauen Häkchen erschienen sofort, als habe Treppin auf ihn gewartet.
Ja.
Ich habe keine guten Nachrichten für Sie.
Ich weiß.
Erstaunt ließ Rosen das Handy sinken, es dauerte eine Weile, bevor er wieder begann zu tippen.
Hat Sie jemand von der Station kontaktiert?
Nein.
Herr Treppin, ihre Frau. Sie ist heute Nacht...
Wann?
Um halb zwei.
Ja.

Einfach ein Ja? Hatte er wirklich verstanden, was er schreiben wollte, schreiben musste? Rosen war nicht sicher.

Sie müssten die Sachen von Ihrer Frau abholen. Sie können nicht zu ihr, sie gilt weiterhin als infektiös.

Es kam keine Antwort. Rosen tippte schließlich weiter.

Schaffen Sie es, heute vorbeizukommen?
Sind Sie dort?
Ja, so bis sechzehn oder siebzehn Uhr. Kommen Sie?
Ja, ich komme am Vormittag.
Gut, dann sehen wir uns.
Ja. Eine Bitte.
Ja, sicher. Was?
Eine Locke von Rosa – könnten Sie?

Rosen schluckte den Kloß in seinem Hals herunter. Jetzt war er sich hundertprozentig sicher, dass der Mann verstanden hatte. Dieses »ich weiß« am Anfang des Gesprächs, sein Unterbrechen, damit er nicht das eine Wort schreiben musste. Wie konnte das sein?

Ich kümmere mich darum. Ein Foto?
Ich weiß nicht.
Ok. Wir sehen uns nachher. Fahren Sie vorsichtig.
Ja, bis nachher.

Gregor stand vom Sofa auf und legte die Decke ordentlich zusammen. Er deponierte sie an ihrem angestammten Platz auf dem Schaukelstuhl, dann griff er erneut zum Handy und kontaktierte seine Schwester.

Sophia, kannst du kommen?
Ihre Antwort kam rasch.
Ja, Gregor. Was ist los?

Komm einfach, ja? Bitte.
Ok.
Er war dankbar, dass sie nicht weiter fragte.

Es dauerte kaum zwanzig Minuten, dann klingelten sie. Sophia in Begleitung ihres Mannes. Sie in seinem Arm, wie... Gregor holte tief Luft, um den Schmerz zu verdrängen.

»Kommt rein. Die Kinder schlafen noch.«

Er führte sie ins Wohnzimmer, in dem sich der reich geschmückte Weihnachtsbaum wie ein Fremdkörper ausnahm. Sophia saß kaum, als sie ihre Frage wiederholte:

»Gregor, was ist los?«

Er konnte es nicht sagen. Unmöglich. Stumm starrte er sie an. Sie musterte ihn, der schwarze Kaschmirpullover, den Rosa ihm letztes Jahr zu Weihnachten geschenkt hatte. Schwarz? Es war... zu ungeheuerlich. Gregor sah aus, als würde er gleich auseinanderfallen, blass, dünn und durchscheinend. Er war in den letzten Tagen immer weniger geworden, stiller, noch stiller, als er ohnehin war. Sie hatte sich nicht mehr getraut, sich nicht nach Rosas Gesundheitszustand zu erkundigen. Alles in Gregors Blick und Haltung hatte diese Nachfrage verboten. Sie stand auf, ging auf ihn zu, ihre Hand an seinem Unterarm. Ihr war nicht klar gewesen, dass es so schlecht um Rosa stand.

Die Tränen schossen Gregor in die Augen, dieses Mal konnte er sie nicht zurückhalten. Sie liefen ihm einfach über das Gesicht, tropften an seinem Kinn herunter und nässten den weichen Pullover. Sein Schluchzen lautlos, wie immer.

Ohne ein weiteres Wort nahm Sophia ihn fest in den Arm.

Gregor schloss die Augen, die Dunkelheit und Stille um ihn herum, aber Sophias Arme waren da. Warm umfingen sie ihn. Er ließ einen kurzen Moment der körperlichen Nähe, ihres Trostes, zu, dann befreite er sich.

Unsicher und zittrig kamen seine Worte: *»Ich muss in die Klinik fahren. Ihre Sachen holen. Könntet ihr so lange auf die Kinder aufpassen?«*

Er sah das Entsetzen in ihren Gesichtern, auch Ben war hinzugetreten, wieder stand er stützend seiner schwangeren Frau zur Seite.

»Ja, natürlich, Gregor. Können wir... sonst noch etwas tun?«

Gregor rang mit den Worten: *»Ja, ich... heute... wir müssen normal Weihnachten feiern. Für die Kinder.«*

»Du... möchtest ihnen heute gar nicht sagen, Gregor?«

»Sie sollen wenigstens heute noch ein schönes Weihnachten haben. Könntet... ihr das klären? Mit Mama und den anderen?«

Sophia betrachtete nachdenklich den Weihnachtsbaum. Es war alles so unwirklich, schließlich nickte sie: *»Ja, Gregor. Das machen wir. Möchtest du gleich losfahren?«*

Er nickte.

»Hast du etwas gegessen oder wenigstens einen Tee getrunken?«

Sein Kopfschütteln. Sophias Augen betrachteten ihn aus engen Schlitzen, schließlich zog sie ihn energisch in die Küche und drückte ihn auf einen der Stühle am Küchentisch.

»Ich mache dir einen Tee. Wenigstens den wirst du erst trinken, bevor du losfährst.«

Er setzte sich gehorsam, legte den Kopf mit den brennenden, geschlossenen Augen auf den Tisch. Er spürte, dass Sophia und Ben um ihn waren. Vielleicht war es gut, noch eine Pause einzulegen.

Die Vibration, als sie den Becher auf den Tisch stellte, dann ihre Berührung an seiner Schulter. Er hob den Kopf, setzte sich auf und seine Hände umgriffen den dampfenden Becher. Er hatte Mühe, sein Zittern zu unterdrücken und starrte an Sophia vorbei durch das Fenster der Küchentür in den tristen, nebligen Garten. Schweigend schluckte Gregor die warme Flüssigkeit. Als der Becher endlich leer war und etwas Wärme in sein Inneres gekommen war, erhob er sich.

Ben winkte ihm zu, um ihn in seiner Trance überhaupt zu erreichen.

»Bist du sicher, dass du allein fahren möchtest, Gregor? Soll nicht lieber einer von uns dich begleiten? Du bist ganz durcheinander. Kannst du so überhaupt fahren?«

»Ich mache das allein«, mit den Worten verließ er die Küche. Er ließ Sophia und Ben zurück, wissend, dass diese gleich beginnen würden zu reden, über ihn, über Rosa, über den Schrecken seines Verlusts. Sie würden sich austauschen über sein Unheil, sobald er die Wohnung verlassen haben würde.

Wieder stand er vor der Milchglastür. Irrsinnigerweise war sie mit Weihnachtsornamenten verziert. Gregors Hand glitt über die Hintertasche seiner Jeans. Handy und Stift und Block wären greifbar. Ob sie die Masken abziehen würden? Wäre Rosen da? Würde er ihn erkennen?

Zögerlich drückte er den Klingelknopf und wartete auf eine Bewegung hinter der Tür.

Sie öffnete schnell, dieselbe Schwester, der er vor wenigen Tagen die Keksdose gegeben hatte. Louise, hatte

Rosen gesagt. Ein blonder Kurzhaarschnitt, sie war in mittlerem Alter, etwas stämmig, von ihrem Gesicht war durch die elende Maske viel zu wenig zu sehen. Ihre blauen Augen über deren Rand musterten ihn traurig. Sie winkte ihm zu, hinein zu kommen. Langsam betrat er die Station. Was für ein Unsinn, jetzt, wo Rosa gestorben war, ließ der Bereich ihn erstmals ein. Ob sie wohl noch hier war? Ob er sie noch sehen könnte? Wenigstens durch ein Fenster? All die Fragen in seinem Kopf, als er ihrem zügigen Schritt folgte. Sie brachte ihn in einen Aufenthaltsraum und bedeutete ihm zu warten. Er folgte ihrer Anweisung schweigend und sah sie aus dem Raum schlüpfen.

Nach wenigen Augenblicken kam sie zurück, zusammen mit einem jüngeren Arzt. Blonde Locken, groß und schlank. Der Blick maß ihn stechend. Beide setzten sich und zogen fast zeitgleich ihre Masken ab. Gregor atmete auf, mit einem um Erlaubnis fragenden Blick tat er es ihnen nach. Louise tippte ihn an und schob die Keksdose zu ihm hinüber. Worte auf ihren Lippen, er war zu müde und unkonzentriert, um auch nur ein einziges zu verstehen. Das Winken von Rosen.

»Das ist Louise. Sie hat Ihre Frau am häufigsten betreut, als sie noch wach war«, mit Erstaunen las Gregor das saubere, wie trainierte Mundbild, seines Gegenübers, er verstand ihn mühelos, es verwirrte ihn, aber erstmal folgte er seinen Worten, »die Keksdose: Rosa war noch wach, als Sie sie gebracht haben. Ihre Worte haben sie noch erreicht. Direkt danach mussten wir sie intubieren.«

Gregor nickte. Louise sah von einem zum anderen. Sie strich Gregor über den Arm, ihre Worte jetzt langsam: »Es tut mir so leid. Wir… haben Ihre Frau sehr gemocht.«

Er blickte sie stumm an und ließ sie ohne Antwort.

»Also, ich muss dann weiter«, sie wies in die Ecke des Aufenthaltsraums, »da sind ihre Sachen.«

Gregor nickte einen Dank. Er sah Louise hinterher, die sich hastig aus dem Raum entfernte. Rosen war sitzen geblieben. Gregor blickte kurz zu ihm, dann zog er seinen Rucksack auf den Schoß und eine Karte hervor, die er vor einigen Tagen selbst gestaltet hatte, als habe er geahnt, dass er sie brauchen würde. Er reichte sie Rosen.

Rosen hielt die DinA6 große Klappkarte im Querformat in den Händen und betrachtete schweigend das gemalte Bild darauf. Es zeigte Rosa und Gregor auf einer Wippe, die in einem perfekten, waagerechten Gleichgewicht war, beide hatten die Füße vom Boden gelöst, Gregor hatte einen kleinen Jungen vor sich und Rosa die Tochter. In Rosas Gesicht war ein Lachen, in seinem stand die Liebe.

Rosen klappte ohne ein weiteres Wort die Karte auf.

Danke, dass Sie um Rosa gekämpft haben.
Gregor, Mia und Leo

Mehr nicht. Nur die wenigen Worte, gedankenverloren klappte Rosen die Karte wieder zu und ließ seinen Blick nochmal auf dem Bild ruhen. Die Wippe, Gregor und Leo, Rosa und Mia, wenn Rosa fehlte…

Mit Tränen in den Augen sah der Arzt zu Gregor auf. Sein Leidtun war jenseits aller Worte. Er schob ihm schweigend eine provisorisch zugeklebte, zuvor geöffnete Tupferhülle über den Tisch zu. Sie wussten beide, was sie enthielt.

Als nächstes reichte Rosen ihm Rosas Handy. Er wartete, bis Gregor ihn ansah: »Louise... sie war bis kurz vor der Sedierung bei ihr«, Rosen wartete Gregors Nicken, als Zeichen seines Verstehens ab, bevor er weitermachte, »Rosa hat etwas von Audio-Dateien gesagt. Das sollten wir Ihnen mitteilen. Und dass sie Sie über alles liebt.«

Rosen sah sein Gegenüber das Handy mit zitternden Händen an sich nehmen. Er wartete auf eine Antwort, irgendeine Form der Entgegnung. Nichts.

»Möchten Sie Ihre Frau noch einmal sehen? Nur durch ein Fenster. Anders geht es nicht.«

Als weiterhin keine Reaktion kam, tippte Rosen den Mann an und wiederholte seine Frage. Ihn streifte ein so hilfloser Blick, dass er nach tröstenden Worten suchte.

»Sie sieht ganz friedlich aus.«

Sein Gegenüber wandte den Blick ab und studierte die Maserung der Tischplatte. Sein Atem ging schwer, seine linke Hand hatte das Handy der Frau fest umklammert, die rechte lag wie vergessen in seinem Schoß. Sie war bandagiert. Er erhob sich so abrupt, dass Rosen zusammenzuckte.

Gregor wandte sich mit einer Geste ab.

Rosen würde sie nichts sagen, er könnte sein »ich kann nicht« nicht lesen. Gregor war heiß. Er wusste nicht, ob er Rosa noch einmal sehen wollte. Sollte er? Es war die letzte Möglichkeit. Nie wieder... Er hatte solche Angst vor ihrem Bildnis, dem von Rosa verlassenen Körper, dass er es nie wieder loswerden würde, dass es ein weiteres der sich in seinem Kopf türmenden Bilder würde. Eines der Furchtbaren, auch die hatte er nie löschen können. Er stand an dem Tisch, diesem Arzt gegenüber, mit dem er in all den

Wochen geschrieben hatte, seinem Kontakt zu Rosa. Kurz rieb er sich über die vor Müdigkeit und von getrockneten Tränen schmerzenden Augen und genoss den Moment der Dunkelheit. Er machte eine Geste der Entschuldigung, auch wenn sie Rosen nicht erreichen würde, wandte sich ab, sammelte Rosas lila Koffer und die aus zusammengesetzten Flicken bestehende Tasche ein. War es wirklich erst knapp vier Wochen her, dass er sie an diesem Abend in der Wohnung für sie zusammengepackt hatte? Wie hätte er wissen sollen, dass es ihr letztes Reisegepäck sein würde.

Rosen sah dem Mann nach, der seiner Frage ausgewichen war. Er hatte kein Wort von sich gegeben. Seine Taubheit, aber er, Rosen, hätte sich nicht an einer merkwürdigen Stimme gestört. Vielleicht hätte er das sagen sollen, dem Mann eine Gelegenheit für ein Gespräch geben sollen. Sie hatten sich schreibend kennengelernt, auch diese Form der Kommunikation hätte es gegeben. Er folgte dem Mann aus dem Aufenthaltsraum und sah ihm hinterher, wie er seinen Rucksack auf dem Rücken, die Flickentasche umgehängt und einen lila Koffer ziehend mit langsamen Schritten die Station verließ. Rosen begab sich ein drittes Mal an diesem Morgen in das Zimmer der Toten. Er schoss ein Foto von ihr mit seinem Privathandy. Vielleicht würde der Mann irgendwann seine Meinung ändern und bereuen, dass er sie nicht mehr hatte sehen können. *»Ich kann nicht«*, Rosen hatte dies ebenso verstanden wie Gregors Entschuldigung, aber er hatte seine Fassade nicht fallen lassen.

Gregor ging, Rosas Koffer hinter sich herziehend, zum Fahrstuhl, der ihn in die Tiefgarage bringen würde. Kurz stand er darin, unsicher, in welchem Stockwerk er das Auto geparkt hatte. Grün… er drückte die minus Drei. Mechanisch verließ er den Aufzug, begab sich zu seinem Auto, öffnete den Kofferraum und verfrachtete Rosas Sachen darin. Er starrte auf den lila Koffer und die bunte Tasche. Mia… Er ging um das Auto herum, öffnete die hintere Beifahrertür und zog eine der Kinderdecken heraus, um damit den Koffer und die Tasche abzudecken. Mia durfte sie auf keinen Fall entdecken. Sie würde sofort verstehen. Nicht heute…

Gregor wusste kaum, wie er nach Hause gekommen war. Als er die Wohnung betrat, kam Sophia aus der Küche, ihre verweinten Augen. Gregor warf ihr einen scharfen Blick zu. Seine Schwester schüttelte den Kopf: »*Keine Angst. Die Kinder wissen von nichts. Ich… habe von dem Hund der Nachbarin erzählt, der heute Morgen von einem Auto angefahren worden ist.*«

Gregor nickte nur. Irgendwie schaffte er es, Sophia und Ben rasch hinaus zu komplementieren. Er konnte sie nicht um sich haben, ihre Liebe, Sophias schwangeren Bauch, ihre Hoffnung, nicht ertragen.

Es war noch etwas Zeit herum zu bringen, bis sie sich zu seinen Eltern aufmachen würden. Er nahm Leo auf den Arm und erkundete mit ihm den Tannenbaum, die kleinen Hände erinnerten ihn an Rosas damals, als sie ihren ersten gemeinsamen Tannenbaum gehabt hatten. Leos Hand blieb an einem Ornament hängen.

»Papa, ein Stern aus Stroh. Sophia hat es mir erklärt.«

Gregor nickte nur, Leo war so nah bei ihm, dass er es spüren würde. Mia zupfte an seiner Hose.

»Papa, Mama kommt heute nicht mehr? Wir dachten, dass du sie als Überraschung aus dem Krankenhaus abholst.«

Gregor sah ihren Worten regungslos zu. Er schüttelte nur den Kopf, beugte sich zu ihr nieder und zog auch sie hoch in seine Umarmung. Beide Kinder kuschelten sich in die Kuhle an seinem Hals. Zu dritt standen sie wie verschmolzen vor dem Tannenbaum und Gregor versuchte, die Fassung zu wahren. Er senkte den Kopf, schloss die Augen und spürte die Locken seiner Kinder an den Wangen kitzeln.

Epilog

»Einen Milchkaffee, wie immer?«

Der dunkelhaarige, schlanke Mann vor ihm in der Schlange stimmte mit einem Nicken zu. Rosen nahm die eisgekühlte Flasche mit der gelben Limonade und drückte sie sich an die Stirn, während er sich kopfschüttelnd seinem Kollegen neben sich zuwandte: »Wie kann man bei der Hitze nur einen Kaffee…«, er stockte mitten im Satz und stellte die Limonade ab, »warte kurz…«

Sein Kollege sah ihm verwirrt hinterher: »Hey, Philipp…«

Rosen ließ seinen Kollegen einfach stehen und steuerte auf den Mann zu, der eben seinen Milchkaffee erworben hatte und jetzt an der kleinen Theke stand und erst eins, dann noch ein Zuckertütchen über den Milchschaum rieseln ließ. Rosens Blick wanderte an dem Mann auf und ab, er war groß und schlank, eher schon mager. Eine ausgewaschene Jeans, ein schwarzes Polo-Shirt, die dunklen Haare fielen ihm in die Stirn, er schien ganz für sich, in seiner Welt mit seinem Kaffee und dem Zucker beschäftigt.

Rosen überwand die restliche Distanz und tippte den Mann vorsichtig am Ellbogen an. Als dieser zusammenschreckte und aufsah, wusste Rosen, dass er sich nicht geirrt hatte. Das Erkennen flackerte auch im Gesicht seines Gegenübers auf.

»Herr Treppin?«, diesmal bediente er sich selbstverständlich der Sprache seiner Kindheit, er buchstabierte den Namen rasch und fließend.

Sein Gegenüber zog die Stirn kraus.

»Gregor«, gab er buchstabierend zurück.

»Philipp.«

Gregors Blick weitete nachdenklich auf ihm, bis er mit einem ungläubigen Lächeln den Kopf schüttelte.

»Du bist ein CODA.«

Es schien eine Feststellung, keine Frage.

»Ja, meine Eltern sind taub, meine Schwester auch.«

»Ich verstehe. Deshalb hast du geschrieben?«

Rosen sann einen Moment nach: *»Nein, nicht nur. Hast du etwas Zeit? Setzen wir uns draußen hin?«*

Der Kollege stieß kurz zu ihnen, er hatte die Limonade für Rosen erstanden und reichte sie ihm.

»Ich geh dann mal, wusste gar nicht, dass…«

Rosen winkte ab: »Lass mal, gehst du schon vor? Ich… brauche hier einen Moment.«

»Ja, bis später.«

Gregor hatte dem Austausch schweigend beigewohnt, mit einem auffordernden Blick lotste er Rosen aus dem Klinik-Café. Hinter dem Gebäude gab es ein paar Bänke im Grünen. Eine stand leer, als würde sie auf die beiden warten, darauf steuerte er zu. Er wartete, bis Rosen saß, setzte sich daneben, den Milchkaffee in den Händen drehend, wartete er ab.

Rosen nahm einen Schluck des eisgekühlten Getränks und nahm das Gespräch wieder auf.

»Ein Kaffee bei der Hitze?«

Gregors Blick verweilte einen Augenblick auf dem Pappbecher, bevor er antwortete.

»Es erinnert mich an Rosa. Milchkaffee mit viel Zucker. Die südamerikanische Art. Ich... mache das jeden Tag. Nach der Arbeit, bevor ich die Kinder abhole. Ein paar Minuten. Der Milchkaffee und ich.«

»Wie geht es dir? Wie... hältst du es aus?«

Gregors Blick irrte zum zuckerberieselten Milchschaum, mit halb abgewandtem Gesicht antwortete er schließlich.

»Ich weiß nicht. Ich muss ja. Die Kinder...«

»Wie alt sind die beiden?«

»Mia ist gerade sechs geworden, sie kommt in die Schule. Leo ist vier.«

Rosen fuhr mit der Hand über die Augen, als wolle er die Worte wegwischen, dann fasste er sich und sah Gregor voll an.

»Bei uns ist es ähnlich. Wir haben einen kleinen Raufbold, Theo, er liebt den Kindergarten, ist kaum zu bremsen, eine Hose nach der anderen bringt er durchlöchert nach Hause. Lisa wird bald sechs und wir haben am Wochenende einen Schulranzen ausgesucht. Er musste unbedingt rosa sein, mit Einhörnern... Ich habe nicht nur geschrieben, weil du taub bist, und ich es unfair fand, mit deinen Verwandten, statt mit dir direkt zu kommunizieren. Es war mehr, viele Parallelen.«

Gregor nickte nur und wartete auf Rosens Fortsetzung.

»Ich weiß nicht. Ihr seid mir sehr nah gekommen. Rosa hat mir so unglaublich imponiert. Als du mir dieses Foto aus einem ihrer Bücher mit ihrer Vita geschickt hast«, Rosen zögerte, unsicher, ob es gut war, das Folgende preiszugeben, *»ich fand es so unglaublich. Ich... bin am Wochenende losgegangen und habe eines ihrer Bücher gekauft. Inzwischen habe ich sie alle gelesen. Meiner Frau habe ich das spanische Original*

geschenkt, sie ist Südamerikanerin wie Rosa. Ich habe dich gegoogelt. Deine Corona-Forschung, deine Papers habe ich über die Monate weiterverfolgt und immer wieder überlegt, ob ich Kontakt zu dir aufnehmen soll. Ich habe mich nicht getraut. Ich bin auch jetzt nicht sicher, ob es gut ist, das zu erzählen.«

»*Du hast ihre Bücher gelesen?*«

»*Ja, das erste an Weihnachten.*«

»*Bist du noch auf der Station?*«

»*Nein, es waren damals meine letzten Dienste. Jetzt bin ich wieder in der Pulmologie.*«

»*Es muss eine sehr harte Zeit für euch gewesen sein.*«

Rosen blickte Gregor erstaunt an: »*Ja, das war es. Aber sicher kein Vergleich zu dem, was du durchmachen musstest oder wahrscheinlich noch durchmachst.*«

»*Für Leo ist es am schwierigsten.*«

»*Weil er noch so klein ist?*«

»*Er ist blind geboren und hört, wie Rosa vor ihrem Unfall. Es... ist schwer für mich, ihm gerecht zu werden.*«

»*Wie kommuniziert ihr? Sprichst du mit ihm?*«

»*Nein, ich kann nicht. Eine zweite Behinderung, wie bei meinem Vater. Er ist stumm und hört...*«

Rosen lächelte.

»*Ich weiß, ich war in allen seinen Vorlesungen damals. Ich habe es so genossen, eine Vorlesungsreihe in Gebärdensprache angeboten zu bekommen. – Du sprichst also wirklich gar nicht?*«

»*Nein.*«

»*Wie machst du es mit Leo?*«

»*Taktile Gebärdensprache. Für ihn ist sprechen und hören sehr viel einfacher. Rosa hat immer mit ihm gesprochen. Jetzt lernt er langsam die Sprache, die für uns möglich ist.*«

»*Und Mia?*«

Gregor lächelte: »*Für Mia und mich ist alles einfach. Sie ist taub wie ich. Sie wird auf die Gehörlosenschule kommen. Meine Welt. Kein Problem.*«

»*Unglaublich. Wie schaffst du das alles?*«

»*Ich habe Hilfe. Meine Familie.*«

»*Rosa und du, wie habt ihr euch kennengelernt?*«

»*In Gallaudet. Sie hat nach ihrem Unfall dorthin gewechselt.*«

»*Ist es nicht ungewöhnlich, sie war doch eher... nicht so wirklich taub, oder? Ich meine, ich habe sie auf der Station natürlich nur ein bisschen kennengelernt. Aber ihr Sprechen... Und ihre Bücher. Sie sind... die Bücher einer blinden Frau.*«

»*Ich... weiß nicht.*«

Rosen musterte Gregor intensiv. Mit aller Vorsicht formulierte er seine nächste Frage.

»*Du hast sie nicht gelesen?*«

Gregor nickte langsam.

»*Schwer zu verstehen für mich.*«

»*Ich glaube, ich kann das nachvollziehen. In den ersten beiden Büchern geht es nur ums Hören. Es ist eine andere Welt.*«

»*Eine Welt, die ich nicht kenne. Die mir nichts sagt. Rosa und ich haben manchmal Witze darüber gerissen, wie wenig wir zueinander passen. Ich konnte ihre Bücher kaum verstehen. Auf der anderen Seite... weißt du, ich male, schon immer. Rosa konnte das nichts sagen. Irgendwann haben wir beschlossen, dass es so ein Stück weit gerecht ist. Jeder hatte seine Kunst, die dem anderen verschlossen war.*«

»*Das Bild mit der Wippe...*«

»*Ja, es gibt viele Bilder von Rosa, von uns allen. Es ist wichtig für Mia. Für Leo mache ich Figuren. Die konnte damals auch Rosa erfassen. Es war manchmal ganz praktisch.*«

»Du solltest dich unbedingt mit ihrem letzten Buch beschäftigen, Gregor. Mir schien es, es ist... voll von euch. Es ist etwas Besonderes. Touch...«

»Sie hat mir davon erzählt, einzelne Episoden.«

»Hast du das Cover gestaltet?«

»Ja.«

»Du solltest versuchen, es zu lesen. Oder lass es dir übersetzen. Ich habe es zusammen mit meiner Frau gelesen. Wir haben geweint, weil es so unendlich schön ist.«

Ein trauriges Lächeln strich über Gregors Gesicht. Rosen überließ ihn kurz seinen Gedanken, bevor er sich zu der Frage entschloss, die in ihm brannte.

»Die Audio-Dateien auf dem Handy, Gregor, was haben sie enthalten? Darf ich fragen?«

Gregor schwieg so lange, dass Rosen dachte, dass er sich zu weit vorgewagt hatte. Es wäre schade, sie waren so schön ins Gespräch gekommen. Er genoss es, auf einen Menschen zu treffen, der mehr als nur seine Sprache mit ihm teilte. Er würde den Kontakt gern halten.

Schließlich Gregors lautloses Seufzen. Er hatte das Handy an Rosas PC angeschlossen, aber das Programm war nicht in der Lage gewesen, ihre Worte auszulesen. Er hatte herausbekommen, dass sie spanisch gesprochen haben musste, aber es waren Pausen zwischen den Worten gewesen, in der Übersetzung kam ein deutscher Sprachbrei heraus, der ihm nichts sagte, der nicht Rosa war, also hatte das Handy zur Seite gelegt. Er hatte es nicht übers Herz gebracht, seine Mutter oder seine Schwester nach dem Inhalt der Nachrichten zu fragen.

»Ich weiß es nicht.«

»Du hast sie nicht abgehört? Abhören und dir übersetzen lassen?«

»Nein.«

»Möchtest du nicht wissen, was Rosas letzte Worte an dich waren? Sie hat uns sehr deutlich aufgetragen, dir davon zu berichten.«

Rosen traf ein unsicherer Blick, verletzlich und voller Trauer. Wie unfair, die letzten Worte seiner Frau und er konnte sie aufgrund seiner Behinderung nicht ohne Hilfe erfassen. Mit sanften Gesten formulierte er seine nächste Frage.

»Möchtest du, dass ich ihre Worte für dich abhöre und sie dir übersetze?«

»Sie hat spanisch gesprochen.«

»Kein Problem. Ich habe vorhin erzählt, dass meine Frau auch Südamerikanerin ist. Wir sprechen untereinander meist spanisch. Unsere Kinder sind zweisprachig.«

Gregor sah weg, in den großen Baum, dessen Blätterdach ihnen einen erholsamen Schatten spendete. Langsam zog er das Handy aus seiner Jeans hervor und entriegelte es. Rosen erkannte das Gerät sofort, er hatte es damals Gregor überreicht, an diesem elenden Heiligabend, an dem die junge Frau gestorben war. Er beobachtete, wie Gregor nachdenklich durch die Dateien scrollte. Seine Hand zitterte, als er ihm das Gerät herüberreichte.

»Fängst du mit der... letzten an?«

Ihre Blicke versanken für eine Unendlichkeit ineinander. Diese Nähe, die Rosen von der ersten Sekunde an gespürt hatte, war unbeschreiblich.

Rosen riss sich los, holte tief Luft und drückte den Button. Die stockende, nach Luft ringende Stimme seiner Patientin, deren Tod ihm das Weihnachtsfest verhagelt hatte, deren Schicksal ihn seit Monaten nicht losließ und jetzt saß er ihrem Mann gegenüber und bekam die Gelegenheit zu vermitteln. Zu übersetzen, wie er es immer und immer wieder für seine Eltern und seine Schwester getan hatte. Rosens Hände setzten sich in Bewegung, sein Blick war abgewandt, wie es Rosas Blick nicht gegeben hatte, er konzentrierte sich auf das, was seine Ohren aufnehmen konnten und übertrug die klingende Sprache in die andere, die man sehen konnte, die Gregor erfassen konnte. Rosen war ein so routinierter Übersetzer, dass auch die Not, in der Rosa gewesen war, als sie die Worte hervorstieß, in dem Raum zwischen ihren Körpern spürbar wurde.

»Lieber Gregor. Ich würde so viel lieber in deine Hand buchstabieren, aber mir fehlt die Möglichkeit. Ich hoffe, dass du dich irgendwann trauen wirst, jemanden um eine Übersetzung zu bitten und dass meine Worte dich erreichen. Ich kämpfe, seit ich hier in der Klinik bin, inzwischen um jeden einzelnen Atemzug, um zu euch zurückkommen zu können. Ich vermisse euch unendlich. Wie liebend gerne würde ich mein Gesicht in die weichen Lockenköpfe unserer Kinder versenken und ihren süßen Duft einatmen. Wie sehne ich mich nach dir, deinem Körper, deiner Umarmung, deinen Händen, die mich liebkosen, mir zuhören und mir die Welt zeigen.

Während meine Blindheit schon immer zu mir gehört hat, ich nie etwas anderes kennengelernt habe, war ich nach dem Unfall am Boden zerstört. Meine ganze Welt schien untergegangen und ich war so allein wie nie zuvor. Ich war orientierungslos, die Welt wurde unverständlich. Ich war komplett abgeschnitten von jeglicher Kommunikation. Bis heute denke ich, dass gehörlos sein sehr viel einschränkender ist als blind zu sein. Die Taubheit hat mich von den Menschen, von der Welt getrennt. Es war ein harter Kampf, eine neue Sprache zu erwerben. Ich blieb an eurer Universität eine Außenseiterin, etwas Ungewöhnliches, jemand, der nicht gebärden konnte und wollte, der sprach und aus einer anderen Welt kam.

Und plötzlich warst du da. Mit all deiner Schüchternheit, deinen Schwierigkeiten mit dem Verstehen, deiner kurzen, knappen Sprache. Ich habe in meinem ganzen Leben nie einen anderen Menschen kennengelernt, der trotz all der Hürden und Verschiedenheiten, die uns trennten, so weit, so liebevoll auf mich zugekommen ist. Du warst der erste Mensch, der mich einfach genommen hat, wie ich bin, ohne mich ändern zu wollen. Ich habe mich nie so unterstützt gefühlt wie durch dich. Nie hat auf der anderen Seite jemand meine Fähigkeiten so geschätzt, wie du es in deiner Stille getan hast.

Es war völlig fraglos, dass wir ein Paar würden, und das Wunderschönste, dass wir uns getraut haben, zusammen eine Familie zu gründen. Ein gehörloser Mann und eine taubblinde Frau, wenige da draußen hätten es uns zugetraut, außer vielleicht deine Familie. Und wir haben es einfach gemacht. Wir haben zwei großartige Kinder, je eins einem von uns so ähnlich, dass wir vielleicht die besten Eltern für sie sein können.

Du hast so ein großes Glück in mein Leben gebracht, dass nicht einmal ich, die ich so gern mit den Worten spiele, es beschreiben kann. Vielleicht möchte ich es auch nicht. Unser Glück liegt jenseits aller Worte.

Du hast mich damals gewarnt, ich sollte aufpassen, zu Hause bleiben, um mich nicht anzustecken. Ich konnte das nicht. Ich wollte nie wieder dieses Gefühl des Eingesperrtseins haben, das ich von Zuhause in Kolumbien so gut kannte. Meine Sturheit hat mich in diese Infektion getrieben. Ich bedaure es unendlich. Nie hätte ich für möglich gehalten, dass mein Körper sich diesem Virus kaum widersetzen kann. Es widerspricht allem, was wir zusammen gelesen hatten, was du erklärt und berichtet hattest.

Wenn ich hier jetzt liege und nach Luft ringe, verfluche ich meinen Eigensinn. Ich würde so gern bei euch sein, für euch da sein. Leo und Mia mit dir zusammen großziehen. An deiner Seite sein. Ich werde mich bald an diese Beatmungsmaschine hängen lassen müssen und bete, dass ich wieder aufwache und ein langes gemeinsames Leben vor uns steht. Wenn ich es nicht schaffen sollte, werde ich irgendwo da oben im Himmel sein. Vielleicht kann ich dann auf euch hinuntersehen und euren Gesprächen lauschen. Das wäre ein ganz neues Gefühl. Auf jeden Fall werde ich auf die ein oder andere Weise immer bei euch sein und euch begleiten. Ich hoffe, dass deine Hände und dein Gesicht mich im Lufthauch des Frühlingswindes spüren werden, dass ich jede Nacht durch deine Träume spazieren kann und wir uns Hand in Hand über Mia und Leo und euer Leben austauschen werden. Aber noch viel mehr wünsche ich mir, wieder wirklich bei euch zu sein und mit euch ein gemeinsames Leben leben zu dürfen. Ich liebe dich über alles, Gregor, umarme Mia und Leo für mich, deine Rosa.«

Rosens Gesicht war tränenüberströmt, als er Gregor das Handy zurückgab. Gregor nahm es mit einer sanften Bewegung an sich und strich zärtlich über das schwarze, nichtsssagende Display.

Ein Lüftchen zog auf. Rosen sah hoch in das Rascheln des Blätterwalds. Gregors stiller Blick wanderte in die Baumkrone zu den Sonnenstrahlen, die zwischen den Blättern hindurch glitzerten.